江苇◎著

远方诗韵

远方出版社

图书在版编目（CIP）数据

远方诗韵／江苇著．－－呼和浩特：远方出版社，2020.12
 ISBN 978-7-5555-1539-5

Ⅰ．①远… Ⅱ．①江… Ⅲ．①诗集－中国－当代 Ⅳ．① I227

中国版本图书馆 CIP 数据核字 (2020) 第 252702 号

远方诗韵
YUANFANG SHIYUN

著　　者	江苇
责任编辑	孟繁龙
责任校对	秋　生
封面设计	刘荣铂
版式设计	王改英
出版发行	远方出版社
社　　址	呼和浩特市乌兰察布东路 666 号　邮编 010010
电　　话	（0471）2236473 总编室　2236460 发行部
经　　销	新华书店
印　　刷	内蒙古爱信达教育印务有限责任公司
开　　本	145mm×210mm　1/32
字　　数	220 千
印　　张	11
版　　次	2020 年 12 月第 1 版
印　　次	2020 年 12 月第 1 次印刷
印　　数	1—1 000 册
标准书号	ISBN 978-7-5555-1539-5
定　　价	55.00 元

如发现印装质量问题，请与出版社联系调换

遠方詩韻

程寶山

遠方詩韻

写在前面的话

　　星移斗转，时光如瀑。不知不觉，从北京来内蒙古已五度春秋了。这五年是军旅生涯里充实而难忘的一段戍边岁月，收获了来自壮美北疆厚重的馈赠和深挚的眷恋。一路走来，即便有几许遗憾，但无关大漠风月；即使是行色匆匆，但生命里早就镌刻下深切记忆和最美风景。

　　自从踏上这方热土的那一刻起，就瞬间唤醒了一颗沉寂太久和本就稚嫩的诗心。于是，会时不时触景生情信笔涂鸦、忙中偷闲地胡诌几句，且多数是对沿途所见所闻所思所悟的点滴记录，后来竟成陋习，灵感与思绪所至不立马吐出便觉不快。由于难有大块时间潜心熟虑和反复琢磨，基本是工作间隙随时随地在手机微信中速记发布，所以如今回头再看这些文字，包括之前在京时很少一部分内容，的确都颇显粗糙、蹩脚而且还随性了些，不过倒也应了那一句很诗意的话——天空没有翅膀的痕迹，但我已经飞过。

　　临近鼠年岁末，我就萌生了把近年来这一阶段零星发布于微信的部分字句稍加整理、结集留存下来的想法，既给终将远逝的光阴一个交待，也给军旅岁月这个片段珍藏点儿日后可资回味的东西，姑且用《远方诗韵》命名，算是给那段过往留下一份温暖而诗意的眷顾吧。

在此，我对远方出版社为该书出版所付出的辛劳，对中国军事文化研究会会长程宝山中将、北京大学艺术学院高译教授和军旅诗人王锋将军百忙之中特为拙作题写书名，对国家一级作家巴根先生的鞭策与鼓励，一并致以衷心的谢忱。

作者2020年12月于青城

怡情远方 快意诗韵
——读江苇诗感怀

巴　根

受王锋将军老弟所嘱，读了戍边战友江苇的这本《远方诗韵》诗集。王锋已出 8 部诗集，很多文学名家都为他写过序。我受托时便想，他推荐的诗作肯定会有品位。于是欣欣然而读之，果有感触。

原本江苇和我都曾在武警部队政治机关工作多年，巧的是我俩都属蛇。只是各自忙碌着，极少有接触，我比他整整年长一轮。他后来到我家乡内蒙古自治区武警某部做政工领导，好像在冥冥之中就有了这缘分。他到我家乡不足 5 年利用工作间隙就写了 500 余首旧体诗作，可谓高产，这便是他的勤奋刻苦之处。远比那些庸碌之辈，工作似乎用尽了日常全部精力，却看不见他究竟做了些什么。想想当年毛泽东在枪林弹雨中、炮火连天时写就的那些吞吐日月、大气磅礴的"数风流人物，还看今朝"这样的伟大诗篇，是何等的闲庭信步、指点江山？！江苇深得其要，把自己戍边之时的春夏秋冬、山景水貌、时令节气、瞬间感受，都随手拈来用诗句记录下来。辛苦在外、幸福在内，个中滋味儿惟更自知。当然诗不以篇幅多少、长短论。如此谁也没写过乾隆爷。然而江苇的时令杂咏、景物感赋和纪事诗作，每每读来甚有趣味儿。打开诗集随处可见他抒怀山水、养性松竹的儒雅与中和，仅举其中这两首就可窥一斑。像《避雨双清别墅》——"岭色湖光接远天，苍柏垂柳生紫烟。西山处处诗意涌，润笔轻挥溅池砚。"还有《心中梅》——"三十年来寻梦客，几回成败几舍得。只因一见此花后，不惧风寒不忘怹。"

江苇的诗作还有个显著特点就是，怡情远方、快意人生，基本超越了自己的行业领域。作为职业军人，他戎马倥偬，从水墨江南一路北上，栖居京城默默奉献十六载又辗转戍守祖国北疆，诗集中"旅途感怀""回乡纪事""忙余随吟"是极少例外。他更多则偏重于与时同行、古韵今和，诗意地渲染自己所遇所见军中人事、山水景物、风土习俗、时令节气，等等。仔细想来，这便是和平时期非文艺军人的一种表达方式。千篇一律千人一面的述说方式，已经满足不了作者。思来想去，只能寄托于山水节令、外物入怀来表情抒意。江苇于匆忙中找到了旧体诗这种"短平快"表达方式，当然这需要一种旷日持久的文学修养与积淀。我的一位诗友说新诗便是分了行的散文而已。我以为亦不尽然。否则，我们只能"李杜诗篇万古传"了，哪有后来的"死了夏明翰、还有后来人"的诗句了。我说江苇热衷于尝试这种方式，甚至填《菩萨蛮》这类的古奥词牌，好像是自讨苦吃。其实是他个人爱好使然，真的是千金难买爱好二字。

江苇选择这种方式抒发家国情怀，又是他不同凡响之处。诗不在方式，而在立意深浅。或深或浅的表达，可以是托物言志，可以是物存志不言，也可以是物益美志益隐。江苇诗集的出版，尽可让读者去品评他的诗是属于哪一类。

诗的本质是言志。在这点上军旅诗更为鲜明，如屈原的《离骚》、岳飞的《满江红》、文天祥的《过零丁洋》等，莫不如是。望蛇年出生的军旅诗人江苇，如飞龙走蛇驰骋于诗坛之上，把自己满腔的热忱用如椽之笔描绘下来，给众多文友展示一个诗意辽阔的天地、展现一个顶天立地的诗魂，不负了边陲的壮美亮丽和人生的跌宕起伏，不负了那片广袤丰泽的草地和连绵奇峻的山川，如天边的牧歌、如时代的吟唱。

巴根简介——笔名布金，蒙古族，内蒙古通辽市人。曾任《中国武警》副总编、武警部队文艺创作室主任等职。中国作家协会会员，国家一级作家。主要作品有长篇历史小说《僧格林沁亲王》《成吉思汗大传》《忽必烈大汗》等。《僧格林沁亲王》获1996年全军文艺奖,《成吉思汗大传》获1997年武警文艺奖。当代长篇小说有《人蠹》《部长家族》《剑锋》等。影视剧本《牛玉儒》获全国"五个一"工程奖,《我从草原来》获全国改革开放以来少数民族优秀电视剧奖(他在该剧任编剧、总导演和制片人),55集大型史诗电视剧《忽必烈大汗》获北美电视剧"金天使奖"。中篇小说有《少年司令》《疯子日记》等。短篇小说《鲜奶》收入内蒙古中小学语文课本。2019年创作36集剧本《六尺巷新故事》即将播出。在重大历史题材电影《热血国歌》中任编剧,目前正筹拍中。

目 录

艳阳天 /1
七　夕 /1
避雨双清别墅 /2
盆植文竹 /2
赴连队当兵途中 /3
早　操 /3
军营晨练 /4
仲秋感怀 /4
傍晚闲踱 /5
浪淘沙·海棠 /5
日　出 /6
无　题 /6
鹧鸪天·秋 /7
河边吟 /7
读　趣 /8
香山影像 /8
题红叶 /9
鹧鸪天·叶 /9
晨　霾 /10
无　题 /10
秋　林 /11

入冬即景 /11
无　题 /12
院内漫步 /12
游园偶得 /13
鹧鸪天·老南瓜 /13
无　题 /14
除　夕 /14
永定河畔 /15
槐树群鸦 /15
郊游咏春 /16
悼友人 /16
无　题 /17
醒问夜雨 /17
湖畔晨走 /18
雨中街市 /18
逛公园 /19
无　题 /19
湘西行 /20
夜栖古城 /20
初识张家界 /21
惜别张家界 /21

雨中清江 /22　　百花园 /33
中　秋 /22　　远　眺 /34
秋　意 /23　　雨中花 /34
苗　寨 /23　　连日雾霾 /35
无　题 /24　　返　乡 /35
晨　走 /24　　伏中雨 /36
观画凑句 /25　　花与月 /36
望　秋 /25　　鹧鸪天·秋 /37
连日雾霾 /26　　过西安 /37
今又雾霾 /26　　登大雁塔 /38
观景感怀 /27　　爱伊河畔 /38
南水北调中线竣工 /27　　心中梅 /39
京郊晚归 /28　　雪中梅 /39
越海拔四千九 /28　　远山雪 /40
翻两座雪山 /29　　雾霾天 /40
听音乐 /29　　盼　春 /41
夜　雪 /30　　浣溪沙·雾霾 /41
二月雪 /30　　无　题 /42
春日偶感 /31　　立　春 /42
观画随想 /31　　无　题 /43
世纪湾之夜 /32　　出塞抒怀 /43
五指山 /32　　沙漠行 /44
博　鳌 /33　　戈壁滩 /44

沙漠绿洲 /45

戈壁骆驼 /45

海勃湾 /46

初走内蒙古西部 /46

老牛湾 /47

立夏见闻 /47

读书班即景 /48

花开北国 /48

夜雨初歇 /49

遇　雨 /49

雨中驰援 /50

浪淘沙·北域怀古 /50

夜风起了 /51

赏　菊 /52

望故乡 /53

望月抒怀 /53

问胡杨 /54

走戈壁哨卡 /55

边塞抒怀 /56

胡杨林叶未黄 /57

重　阳 /57

雨中行 /58

钗头凤·冬晨 /58

满洲里 /59

浣溪沙·冬夜行军 /59

根河行 /60

念奴娇·野营拉练 /60

拉练归来随想 /61

原上梅 /63

昨晚立春 /63

如梦令·北疆行 /64

雪　后 /64

望江南·青城落雪 /65

春　花 /65

让我为你唱首歌 /66

春　雪 /68

周　末 /68

五　月 /69

题雨后花 /69

五月雨 /70

读晨曦《风》《花》《雪》《月》
　有感（二首）/71

晨走觅句 /72

借景添字 /72

连日高温 /73

一剪梅·小满日塞外行思 /73

雨后别通辽 /74
塞外草原 /74
辗转乌兰察布 /75
鹧鸪天·陌上吟 /75
端午次日 /76
夜雨撤离 /76
鹧鸪天 /77
初　夏 /77
细品诗韵 /78
周末纪事 /78
感　怀 /79
西江月·如意广场 /79
久旱落雨 /80
漫　步 /80
园中拾句 /81
夜读品茶 /82
我和塞北有个约定 /84
月　夜 /86
晨　雨 /86
草原雨 /87
塞　外 /87
南湖湿地 /88
鹧鸪天·广场 /88

夏日柳林 /89
定风波·夜雨 /89
朱日和阅兵 /90
晨　雨 /90
立秋日过如意河畔 /91
塞上秋临 /91
水调歌头·塞外 /92
近日多雨 /93
秋　思 /93
戍　边 /94
乌素图森林公园 /94
忆江南·塞上秋 /95
塞上秋早 /95
塞　外 /96
长相思·秋吟 /96
伊金霍洛原上八月 /97
遣　怀 /97
蝶恋花 /98
秋波媚 /99
塞上九月 /99
原上怀远 /100
戍边纪事 /100
秋分游园 /101

寄语中秋 /101
思　乡 /102
满庭芳·雪落惊秋 /102
霜降日望远 /103
无　题 /103
秋日游园 /104
多云日过阴山 /105
读李贺《马诗》增字寄怀 /106
回乡途中 /106
与友登老界岭 /107
鹧鸪天·回乡纪事 /107
院内秀林 /108
再赴边防 /108
小雪日军中行 /109
林中偶遇麋鹿 /109
塞外行吟 /110
渔家傲·途中 /111
中华第一玉龙 /111
叹时光如梭 /112
醒盼一场雪 /112
卜算子·咏石 /113
冬　夜 /113
塞北的冬 /114

青城久未雪 /114
致匆匆芳华 /115
踏雪归吟 /115
素心若雪 /116
盆种蔬菜 /117
鸟儿问答 /118
几日未回又添新芽 /118
我的风花雪月 /119
雪后寻春 /119
无　题 /120
返京公出 /120
晨起偶吟 /121
雨水节 /121
初一杂吟 /122
边塞春迟 /123
惊蛰吟 /124
"三八"节塞外思 /124
青城三月降雨雪 /125
寻春杂吟 /125
盼雨偶感 /126
塞上春雨 /126
河套平原 /127
塞上行 /127

晨读偶得 /128　　　　　　午　休 /139

浪淘沙令·青城 /128　　　途中拾句 /140

踏青归吟 /129　　　　　　呼和浩特之夏 /140

天净沙·雨中 /129　　　　芒　种 /141

塞外见闻 /130　　　　　　塞上六月 /141

鹧鸪天·夜栖阿尔山 /130　无　题 /142

塞外春迟 /131　　　　　　雨中吟 /142

塞外五月 /131　　　　　　采桑子·咏戈壁红柳 /143

步唐孟郊《登科后》韵 /132　北疆兵歌 /144

立　夏 /132　　　　　　　鹧鸪天 /146

晨走归吟 /133　　　　　　仲夏即事 /146

塞上行步王维诗韵 /133　　听　雨 /147

望贺兰山阙 /134　　　　　小暑·呼和浩特 /147

浪淘沙·西域军营 /134　　披月看花 /148

漠北行 /135　　　　　　　夜雨初晴 /148

包头行 /135　　　　　　　偶　得 /149

无　题 /136　　　　　　　记周末闲趣 /149

雨　后 /136　　　　　　　草原之夏 /150

晨　走 /137　　　　　　　鹧鸪天·牵牛花 /150

浣溪沙·天又扬尘 /137　　军中感怀 /151

无　题 /138　　　　　　　长相思·雨 /151

渔家傲·夏思 /138　　　　边城晨眺 /152

夏忙场景 /139　　　　　　晨　起 /152

6

游园杂兴 /153	秋　分 /167
清平乐·夏夜 /153	盆　栽 /167
登大青山 /154	耕读偶得 /168
立秋随吟 /154	登大青山 /168
无　题 /155	胡杨印象 /169
偶　得 /155	鸟儿问答 /169
致盆植荆芥 /156	冬临塞外 /170
无　题 /157	大漠湖泊 /171
点绛唇·雨后过草原 /158	致蒙古高原 /172
再走边防 /158	秋遇随吟 /173
边关行 /159	重阳有感 /174
北疆秋思 /159	石　吟 /174
无　题 /160	周　末 /175
夜雨送凉 /160	寒秋走军营 /175
致七夕（三首）/161	戈壁石鸟 /176
遣　怀 /162	鹧鸪天·连日走基层 /176
如意河 /163	人在征途 /177
秋　雨 /164	过万家寨 /177
池　塘 /164	冬雨敲窗 /178
秋　叶 /165	雨后小令 /178
秋　林 /165	立冬日随吟 /179
盆　树 /166	无　题 /179
秋　吟 /166	塞北初冬 /180

定风波·忙余拾趣 /182
开卷偶感 /182
致盆栽荆芥 /183
致彩排战友 /183
冬日随笔 /184
观鱼凑句 /185
小雪夜,青城无雪 /186
致戍边岁月 /187
闲冬纪事 /187
写给冬日庭院里的松 /188
绿植吟 /189
久晴未雪 /189
青城无雪 /190
定风波·途中 /191
回乡吟 /191
致出塞的昭君 /192
"两会"纪事 /194
途中填《谢池春》一首 /194
晨走偶作联句 /195
张灯结彩 /196
置身"两会" /196
京城除夕 /197
踏莎行·塞外春迟 /197

晨起偶感 /198
忙余随吟 /198
如梦令·雪后 /199
晚来听雪 /199
手机时代 /200
新苗泛绿 /200
元宵晨兴(二首) /201
定风波·塞外三月 /202
致"女神节" /202
浪淘沙令·晨雨 /203
三月雨雪 /203
雨雪初晴 /204
春日杂兴 /204
虚度周末 /205
无　题 /205
春临青城 /206
盆植蔬菜 /206
把春留住 /207
致迟到的春天 /208
集训归吟 /210
踏　春 /211
赴赤峰途中 /211
题盆中荆芥 /212

清平乐·园中景 /213
午后踏青 /213
春天呓语 /214
浣溪沙·纪事 /216
根河行 /216
穿越兴安岭 /217
兴安山中行 /217
赴宁城途中 /218
空中鸟瞰 /218
营院一角 /219
周末偶感 /219
五月三十一 /220
一剪梅·塞外之夏 /222
雨后夏果 /222
北方情怀 /223
塞北降小雨 /224
夏日即兴 /224
江城子·雨后黄昏 /225
晨雨淅沥 /225
感　怀 /226
鹧鸪天·盆景 /226
采桑子·岁月 /227
斗室一角 /227

晨走即兴 /228
清平乐·青城之夏 /228
歌唱内蒙古 /229
"八一"抒怀 /230
今又七夕 /231
立秋即兴 /231
踏莎行·夜雨 /232
感时匆匆 /232
晨走拾韵 /233
渔歌子·偶遇 /233
醒来偶题 /234
秋　雨 /234
沁园春·塞外吟 /235
鹧鸪天·塞外 /236
再赋秋词 /236
北疆行吟 /237
题盆中荆芥 /237
壮美北疆 /238
雨歇青城 /239
草原恋歌 /240
阴雨绵绵 /241
秋天的早晨 /242
中秋祝福 /243

晨光秋语 /244
感时抒怀 /244
塞外遣怀 /245
卜算子·再向边关行 /245
再走边关 /246
采桑子·边陲行 /246
边关归来 /247
天净沙·国祭日 /247
寒　露 /248
窗前树 /248
梦　想 /249
浣溪沙·落雨 /251
浣溪沙·黄昏 /251
秋　林 /252
戍边岁月 /252
霜　降 /253
秋　意 /253
卜算子·咏树 /254
相见欢·秋叶 /254
东岸拾句 /255
雨　雪 /255
感　怀 /256
豁达人生 /257

沙海飘雪 /257
飞越西域 /258
定风波·书怀 /258
小雪前夕 /259
夜宿杭州 /260
无　题 /260
穿越关山 /261
盆栽得句 /261
雪　淞 /262
晨　起 /262
如梦令·雪 /263
致台历 /264
元　旦 /265
情系边塞 /265
青城又雪 /266
雪　晴 /266
新建书屋 /267
木兰花·贺"两会"召开 /267
自治区"两会"见闻 /268
贺"两会"闭幕 /268
小年快乐 /269
贺书屋开张 /270
破五祈福 /270

致战"疫"勇士们 /271	谷雨闲趣 /293
浪淘沙·武汉加油 /273	戍边恋曲 /294
心系武汉 /274	晨走偶得 /295
卜算子·春回武汉 /275	感　恩 /296
周末闲话 /276	赏花归去 /299
致战"疫"勇士 /278	踏春闲语 /300
抗疫必胜 /280	如梦令·昨夜雨薄 /301
午后闲话 /281	晨遇倒春寒 /302
窗下闲话 /283	朝花惜拾 /302
黄昏感言 /284	青城春韵 /303
三月三日 /285	清平乐·夏 /303
无　题 /285	青玉案·果树 /304
三月八日晨思 /286	小　满 /305
观景偶感 /287	朝露清欢 /306
盆　栽 /288	暮夏随吟 /307
定风波·晨走 /288	不关荷韵 /307
茶味书香 /289	浅　夏 /308
径里闲话 /290	青城纳凉记 /309
随　笔 /291	晨走偶成 /310
无　题 /291	自垦田园 /310
梨　园 /292	塞外杂吟 /311
雨后花 /292	秋日感怀 /312
花海徜徉 /293	佳节双至 /312

中秋随吟 /313
寒露归吟 /313
塞外秋深 /314
军旅抒怀 /314
营院红叶 /315
七律·秋问 /315
寒露即事 /316
塞外秋思 /316
落叶辞秋 /317
步曹公观沧海韵 /317
北国之恋 /318
庚子立冬 /320

观《守望相思树》首映 /320
定风波·冬夜行 /321
题墙角竹影图 /321
帝都故园冬韵 /322
寄语雪梅 /323
七律·归吟 /323
望江南·无题 /324
青城落雪 /324
大雪偶吟 /325
赠　别 /325
后　记 /326

艳阳天

暑热不散偏又晴,枝头雄蝉喊不停。
欲挪天际云一棹,化雨田间润葱茏。

2013 年 8 月 9 日上班途中

七　夕

牛郎织女本无意,千古神话牵一起。
招来喜鹊搭彩桥,年年约会在七夕。

2013 年 8 月 13 日北京

避雨双清别墅

岭色湖光接远天,苍柏垂柳生紫烟。
西山处处诗意涌,润笔轻挥溅池砚。

2013 年 8 月 17 日北京香山

盆植文竹

原野草木千般绿,几案盆竹万缕风。
出行小别才时日,匆忙攀爬觅去踪。

2013 年 8 月 19 日北京

赴连队当兵途中

秋高时节公出忙,放眼野陌渐泛黄。
此去基层接地气,系舟问计悟良方。

2013 年 9 月 5 日出差途中

早 操

离京接地气,欣然赴皖西。
晨起忙操练,营院林鸟啼。

2013 年 9 月 9 日六安舒城

军营晨练

鸟啼声声敲窗去,晨雾茫茫入画来。
农家炊烟袅袅时,营区号角阵阵起。

2013 年 9 月 16 日六安舒城

仲秋感怀

一轮玉盘镶银河,直把天涯全照彻。
思绪迢迢推家门,忘却身为异乡客。
清辉漫舞纤云影,廖廓天幕星隐约。
谁持丹桂隔空递,嫣然回眸是嫦娥。

2013 年 9 月 19 日六安舒城

傍晚闲踱

柳浪藏鸟音,秋水煮黄昏。
绕湖解心事,晚风化困顿。

2013 年 9 月 20 日六安舒城

浪淘沙·海棠

晨走紫竹院,幽径弯弯。湖畔海棠竞斑斓。行人穿梭频留意,红醉黄酣。

风过似拂琴,驻足兴贪。容我追忆春夏欢。暂将胜景收诗囊,莫付空恋。

2013 年 10 月 7 日北京海淀紫竹院公园

日 出

破晓沐尘寰,一扫昨夜暗。
升降寻常事,却教众生盼。

2013年10月11日北京家中

无 题

莫道君行早,车稀人亦少。
抬头云天外,秋雁搏分秒。

2013年10月12日北京

鹧鸪天·秋

丝雨瘦柳风儿凉,鸟鹊恋枝鱼潜塘。
水雾弥漫起凛冽,层林尽染红与黄。
雁南飞,意彷徨,赏菊时节思绪长。
望断天涯遥相告,寒重勿忘添衣裳。

2013年10月13日上班途中

河边吟

名利本为寻常物,熙来攘往浑不顾。
晨披曙色催日升,晚拥夕照向夜去。
花开花谢花不贪,云卷云舒云化无。
但使余生如水性,不腐不浊清如故。

2013年10月15日北京

读 趣

捧卷品书香,不负好时光。
沉缅旧年事,红日移西墙。
杯水翻新芽,怀古消受长。
赏心悦目处,物我皆两忘。

2013 年 10 月 21 日北京家中

香山影像

秋临西山宠,游客趋若鹜。
层峦著霓裳,枫林颜色独。
银杏染桔黄,金菊叹莫如。
风逐湖面鸟,鱼隐云霞无。

2013 年 10 月 24 日北京香山

题红叶

怀揣葱茏梦,点缀山水间。
经霜顿失色,羞涩盖朱丹。

2013年10月25日北京西山

鹧鸪天·叶

料峭未尽吐新翠,护花蔽荫不言亏。
待到果实熟透时,簌然入地化沃肥。

春朦胧,夏暧昧,秋风轻薄阵阵吹,
冷漠冬日酬扎堆。来年枝头君又回。

2013年10月26日北京

晨 霾

四野垂幔雾萦怀,极目莫辨朝阳白。
满城裹纱抖不脱,苍天可恶总下霾。

2013 年 11 月 1 日北京

无 题

暇余伏案多,双肩疼痛深。
翻史品战事,吟词拂故琴。
情至纠结处,掏巾拭泪痕。
书厚嫌时短,茶浓淹困顿。

2013 年 11 月 2 日北京

秋 林

一枝一叶一片痴，超凡脱俗护花使。
纵然繁华都落尽，五颜六色说相思。

2013年11月6日北京奥林匹克公园

入冬即景

北风寒乍起，池水绾肌凉。
归鸟轻落枝，生怕碰叶黄。

2013年11月8日北京远大路

无 题

半倚闲窗日向晚,黄昏忍顾倦鸟还。
暮色苍茫忆年少,可叹时光不复返。

2013年11月12日北京

院内漫步

朔气昨来降温度,一宵褪色庭院树。
赏叶何必涉远山,抬头低眉任光顾。
徘徊权作画中行,移步犹闻风揭书。
遍访名木问近好,枝叶纷纭吟佳句。

2013年11月13日北京远大路22号院

游园偶得

恰逢秋后风清时,园林深处信游之。
枫红杏白齐争艳,紫松黄梧各斗姿。
悦目已足千万树,赏心更在三两枝。
从来美事不独享,晒与好友莫疑迟。

2013 年 11 月 15 日北京颐和园

鹧鸪天·老南瓜

红袄银带系腰身,形似磨盘荷叶纹。
曾披夜露媲星月,藤紫花黄扮夏春。
根须老,嫁衣新,姿色楚楚撩拨人。
搬回家来作何用?不炖不炒养精神。

2013 年 11 月 25 日北京城郊买一南瓜

无 题

独上层楼抬望眼,归途迢迢入云端。

梦中唤我人恙否?牵挂一年复一年。

2014 年 1 月 23 日北京

除 夕

今岁今宵尽,明年明日催。

节气瀑中替,容颜暗里回。

冬随一夜去,春逐五更归。

光景前觉迟,已着后山梅。

2014 年 1 月 30 日北京

永定河畔

驱车六环觅芳邻,绕溪三匝净心尘。
冰河薄薄抛竿浅,寒波粼粼引钩深。
沙岸水草掩暖日,堤坝垂柳扬鸟音。
踏遍荒郊归家晚,梦里故地仍探春。

2014 年 2 月 12 日北京门头沟踏青

槐树群鸦

忽闻林梢窃窃语,原来寒鸦愁住处。
夜暗尚无投宿地,结群暂栖老槐树。

2014 年 2 月 22 日北京远大路

郊游咏春

花树两相和,湖风一面磨。
遥望山水翠,流石拴莺娥。

2014 年 3 月 26 日北京石景山

悼友人

去秋三五月,今秋还照梁。
昨春兰蕙草,明春复吐芳。
悲哉人道异,一别永销亡。
万事无不逝,总教生者伤。

2014 年 4 月 1 日北京

无　题

一忧一喜皆心火，一荣一枯俱眼尘。
淡然阅透炎凉事，不做千古梦中人。

　　　　　　　2014 年 5 月 21 日北京

醒问夜雨

梦沉闲庭醒来迟，推窗顿觉温凉适。
不知一夜风兼雨，园中芳菲少几枝？

　　　　　　　2014 年 5 月 24 日北京

湖畔晨走

舟移长画廊,塔映水中天。
清风解欢乐,笑语上云端。

2014 年 5 月 25 日北京八一湖畔

雨中街市

骤雨裹冰风潇潇,路面成渠逐浪高。
擎伞挽裤无济事,满街车流缓慢漂。

2014 年 7 月 16 日北京下班途中

逛公园

挥汗花迷眼,擦肩荷香浓。
身入柳色里,心醉湖光中。

2014 年 7 月 23 日北京紫竹院公园

无 题

大美尘埃间,往来无闲人。
遥看天河内,群星鉴古今。

2014 年 8 月 8 日湘西

湘西行

远近山河净,逶迤云雾重。
秋声万户竹,暮色罩杉松。

2014 年 8 月 9 日湘西

夜栖古城

穿山越岭走湘黔,月挂古城歇脚板。
借问凤凰落何处,风流两岸一溪欢。

2014 年 8 月 10 日凤凰古城

初识张家界

矮寨彩虹靓,黄龙洞穴藏。

濯足鸳鸯溪,洗肺卧龙冈。

逐浪宝峰湖,揽胜天门旁。

大美张家界,烟雨迷画廊。

      2014年8月13日张家界

惜别张家界

青山白水绕,一别万里遥。

挥手自兹去,三步两回眺。

      2014年8月15日张家界

雨中清江

阵阵秋风起,悠悠行万里。

川深湿气重,波高轻舟疾。

巴人歌声绵,土寨景观奇。

举目处处妙,雨添陶醉意。

2014 年 8 月 17 日清江画廊

中 秋

暮云收尽溢清寒,桂香美酿悬玉盘。

此生此夜花总好,明月明年不厌看。

2014 年 9 月 8 日北京

秋　意

风去风来风温凉,叶落叶发叶嫩黄。
人生几多寻常事,朝霞眨眼拥斜阳。

　　　　　　2014 年 9 月 9 日北京

苗　寨

途经西江村,流连夜不归。
推窗细端详,犹自醉一回。

　　　　　　2014 年 9 月 14 日贵州西江村

无 题

进山避暑气,出林知已秋。
怆然顾来路,时短怎远游。

2014 年 9 月 15 日贵州

晨 走

小陌阡阡风细细,鸟低柳垂少声息。
一夜秋雨浑不觉,路上行人又添衣。

2014 年 9 月 23 日北京

观画凑句

一场秋雨一丝凉,一夜寒风一层黄。
一春耕耘一夏累,一地喜悦一年粮。

      2014年10月2日北京

望　秋

心逐南云逝,思随北雁来。
故乡篱下菊,今日几花开?

      2014年10月3日北京

连日雾霾

谁纵霾凶任逍遥?

天也昏暗,地也昏暗,

搜尽苍穹隐星汉。

不知何时来风雨,

醒也蓝天,梦也蓝天,

护肺不再成负担。

2014 年 10 月 10 日北京

今又雾霾

自古逢秋悲寂寥,难言连日霾雾罩。

晴空鹤群了无踪,敢问何时享碧宵。

2014 年 10 月 11 日北京

观景感怀

垄上蓬草黄,枝头红果密。

塘外雁声缓,脚旁秋来急。

荷残春再发,叶落有归期。

一步一探问,人生哪轮替。

      2014 年 10 月 22 日北京

南水北调中线竣工

南水北引举世夸,一泓清波润京华。

最是渠首乡情涌,涓涓滴滴胜酒茶。

少小嬉戏应犹在,岸草绕膝赏塘花。

余今相饮倍甘醇,源源绵绵入万家。

      2014 年 10 月 28 日北京

京郊晚归

寒山苍茫秋水绵,城门临风听暮蝉。
落日醉卧黄金叶,墟里墟外起炊烟。

      2014 年 10 月 30 日北京

越海拔四千九

日暮苍山远,天低云无尘。
雪流绕哈达,风寒夜旅人。

    2015 年 1 月 17 日赴四川藏区途中

翻两座雪山

登山我为峰,摸天云作裙。
逶迤雪原路,氧缺人精神。

2015年1月18日赴四川藏区途中

听音乐

无事卷珠帘,深坐嚼籁音。
不知心栖处,渐觉乡愁临。

2015年2月12日北京

夜 雪

玉树琼花润如酥,春色遥看近却无。
最是一年好梦处,瑞雪绝胜洒京都。

2015 年 2 月 20 日北京

二月雪

家家年味尚续茶,丝丝柳梢未萌芽。
白雪偏嫌春回迟,穿村绕舍扮繁花。

2015 年 2 月 28 日北京

春日偶感

南水北调一渠间,伏牛仍隔万重山。
春风又绿河两岸,轻舟何时载我还。

2015 年 3 月 2 日北京

观画随想

雨细苍穹润,风柔花色新。
绿逼倒影蓝,春来诗意亲。
沃野农事忙,惜时甚如金。
催我专心敲,平仄古今音。

2015 年 3 月 8 日北京

世纪湾之夜

飞桥隐约灯影远,揽海滩头宿渔船。
沧浪声声彻夜听,清风缕缕弋枕眠。

2015 年 3 月 23 日海南三亚

五指山

蝉噪林愈静,鸟鸣山更幽。
此地动留念,长住不远游。

2015 年 3 月 29 日海南五指山

博　鳌

风逐柳浪花枝匀，雨扯景远水色深。
正是南坡采茶日，盛情诚邀八方宾。

2015 年 4 月 16 日海南琼海博鳌论坛会址

百花园

雍容招摇心仪偏，满园花魁数牡丹。
国色天香非独有，玫瑰嗅过月季看。

2015 年 4 月 23 日海南儋州

远 眺

风劲霾遁天地朗,我自敞怀放眼量。
诗回笔下费琢磨,梦上云霄路尤长。

2015年6月13日北京

雨中花

缤纷占嫩枝,羞不出瑶池。
邀雨添秀色,趁风弄媚姿。

2015年6月19日北京

连日雾霾

浓雾蒙蒙霾依旧,困惑阵阵涌心头。
青莲对水言难事,丝雨何时洗垂柳。

2015 年 6 月 24 日北京

返 乡

归来疑为客,相逢每醉还。
少小一别后,浮云卅年间。
执手情如旧,身轻鬓已斑。
何因思乡久?秀水恋青山!

2015 年 7 月 4 日南阳

伏中雨

偶听檐外滴答声,且自码字敲键行。
一城烟雨降暑热,清风伴我无需晴。

2015 年 7 月 16 日南阳

花与月

年少曾赋浪漫诗,花好月圆吟相思。
三十年后花月在,情怀大不若往时。

2015 年 8 月 31 日北京

鹧鸪天·秋

　　风起云涌丝雨稠,蝉哑叶疏两悠悠。
不知不觉夜渐长,转眼又是一个秋。
　　人间事,无止休,成败得失莫强求。
信看长空雁影远,初心不移任遨游。

2015 年 9 月 1 日北京

过西安

　　凉风起渭河,近乡怯几何。
　　红叶数枝闹,云塔秋婆娑。
　　古城变化大,似曾相识过。
　　临别仓促语,投诗赠故国。

2015 年 9 月 15 日西安

登大雁塔

秋风瑟瑟望神州,满腹经纶大雁楼。

千古兴亡多少事?不尽云烟唱风流。

2015 年 9 月 16 日西安

爱伊河畔

塞上秋来缓,坝下雁去急。

贺兰山脊壮,西夏风景异。

放眼江南影,遍访苇荡迹。

一水富宁夏,何故偏汝地。

2015 年 9 月 17 日银川

心中梅

三十年来寻梦客,几回成败几舍得。
只因一见此花后,不惧风寒不忐忑。

2015 年 11 月 7 日北京

雪中梅

枝干裹冰绽俏红,芳蕊款款无蝶蜂。
知君来后冬渐少,天涯处处沐春风。

2015 年 11 月 25 日北京

远山雪

半坡残雪映西山,一抹冰蓝剪窗寒。
冷岸枯枝栖半月,暗香远逸落梅天。

2015 年 12 月 4 日北京

雾霾天

家住帝都颐园边,尘事滚滚不相干。
曲径通幽行穿竹,杂务忙罢卧看山。
可恨这,雾霾天,接二连三不开颜。
既然造物栖身处,朗朗乾坤应眼前。

2015 年 12 月 9 日北京

盼　春

放眼远山晴，风疾霾未凝。
才听迎春调，湖面可融冰？

2016 年 1 月 4 日北京

浣溪沙·雾霾

未怨西风彻骨凉，沉沉雾霾又锁窗，云开日出成奢望。
泼茶独酌思绪重，闭户消得书中香，尘埃只道是寻常。

2016 年 1 月 21 日北京

无 题

天地分四季,身心两重意。
梦至深远处,绵绵有醒期。
候鸟飞南北,寒暑往返替。
悠悠万千事,终究了无迹。

2016 年 1 月 25 日北京

立 春

江花江水每年同,春日春时放手空。
天地无私生万物,山林有处常郁葱。
牛趋死地身累否,梅绽活枝信念通。
碎片飞飞瑞雪降,邻舍殷殷贺年丰。

2016 年 2 月 4 日北京

无 题

远观丝丝柳色新,近听片片花语绵。
人间四月春意浓,俯仰处处别有天。

2016 年 4 月 2 日北京

出塞抒怀

进退升降寻常事,何必萦怀得失间。
淡然一笑再出征,身近边塞心向远。

2016 年 4 月 7 日呼和浩特

沙漠行

军中跋涉人,偏爱奔波苦。
祥云化坐骑,出没风沙里。

2016 年 4 月 15 日阿拉善

戈壁滩

军号频催车出营,斯人醒来梦未醒。
持令调研不忙回,探实底、走基层。
大事小情全记省。沙上雁儿向池眠,
云破日出风弄影。点点红柳疏远灯,
簌未止、歌伴行,驼峰隐约石满径。

2016 年 4 月 16 日阿拉善

沙漠绿洲

细沙洗面风乍寒,矮棘疏柳缀戈滩。
车行曲径渐减速,胡杨一片忽惊现。
问君可是嫦娥宫,苍海何时化桑田。
守望千年终相遇,跋涉真味邂逅欢。

2016 年 4 月 17 日阿拉善

戈壁骆驼

簇拥一片白云色,曾入几人顾盼中。
为近驼君追送别,遍寻无物赠长风。

2016 年 4 月 19 日阿拉善

海勃湾

连日奔波尽沙丘,豁然碧空云舒袖。
一片汪洋落眼底,原来浩淼此地有。

2016 年 4 月 21 日乌海

初走内蒙古西部

辽阔北疆不浮夸,人间四月少见花。
千年胡杨千年梦,万顷戈壁万顷沙。

2016 年 4 月 24 日鄂尔多斯

老牛湾

鸡鸣一地晋陕蒙,黄河九曲乾坤横。
高天厚土造奇观,万家寨顶揽雄风。

2016 年 4 月 26 日赴万家寨

立夏见闻

梅子初黄日少晴,檐雨挂溪蛙鼓鸣。
绿荫掩映花草茂,湖面掠鸟任跃腾。

2016 年 5 月 5 日上海松江

读书班即景

清泉溪边野草花,绿树绕舍细雨斜。
晨走乍遇湖苇鸟,临风思状扮大家。

2016 年 5 月 8 日上海松江清泉溪

花开北国

时入浅夏雨汛稠,枝叶挂露凉初透。
行人绕篱频忘返,满心欢喜香盈袖。

2016 年 5 月 12 日呼和浩特

夜雨初歇

风清气爽晴方好,花色沾露仪态奇。
欲把北国比南都,淡妆浓抹总相宜。

2016 年 5 月 24 日呼和浩特

遇　雨

向晚意不适,驱车登古原。
风雨刚刚好,只是掀心澜。

2016 年 7 月 14 日呼和浩特

雨中驰援

今夏北国多雷霖,晚作狂霖击战鼓。
披衣勤问汛情事,水深更急田间苦。

2016 年 7 月 31 日呼和浩特

浪淘沙·北域怀古

　　晨曦催归雁,红晕漫天,大青山外任翩跹。苍茫草原浑不见,知向哪边?
　　往事驰千年,纵横策鞭,北方成陵谱宏篇。萧瑟秋风今又吹,追梦人间。

2016 年 8 月 25 日呼和浩特

夜风起了

透过云帘
凝望星河天际
远方的人
是否也在窗前
浴风静立

树叶沙沙
偶尔飘落风里
似放飞的风筝
缓缓滑翔
却不离不弃
月色流水一般
打湿了视线

窗前的人
于无声处

默默地记下

只为留住今夜

这份凄美的孤寂

2016 年 8 月 30 日呼和浩特

赏　菊

暗香叠叠复层层，芳容羞羞露重重。
君临枝头霜期近，云追雁阵秋朦胧。
今日别过再会迟，何时相逢未卜中。
驻足慢品不忍去，恍惚东篱遇渊明。

2016 年 9 月 3 日呼和浩特

望故乡

年年秋来梦还家,回回月圆走天涯。
大地寂寥云未歇,一心浇灌原上花。

      2016 年 9 月 12 日呼和浩特

望月抒怀

北国秋来风儿凉,远山一带草茫茫。
嫦娥岂知戎马事,夜深还照边关长。

      2016 年 9 月 28 日呼和浩特

问胡杨

一千年你生生不老

二千年还婷婷不倒

三千年亦铮铮不朽

四千年仍喋喋祈祷

唉哟喂我的天爷呀

是一颗怎样的初恋

非死守着不依不饶

2016年9月29日阿拉善

走戈壁哨卡

塞上秋来风景异,北疆雁去无留意。
四面边声卷沙起,千嶂里,
长路漫漫孤车疾。

戎马一生家万里,壮志未酬归无计。
军歌悠悠思满地,人不寐,
青丝白发将士泪。

      2016 年 9 月 30 日阿拉善

边塞抒怀

碧云天,黄沙地,
丘壑连绵,波上寒意弥。
山裂朝阳天洒曦,秋风无情,
更在驼影外。

远雁阵,追乡思,
徐徐举目,旷野叫人醉。
月隐星没休独立,遁入漠海,
化作胡杨泪。

2016 年 10 月 2 日阿拉善

胡杨林叶未黄

惜叹金色不相逢,祥云无根任西东。
敖包院落溶溶月,芦花塘畔淡淡风。
数日寂寥奔袭忙,几度萧索戈烟冲。
修书欲寄何处达,山绵水长实不同。

2016 年 10 月 3 日阿拉善

重　阳

疑将边地比京都,鸿雁北往草已枯。
健步登高秋光里,明知此去菊花无。

2016 年 10 月 9 日呼和浩特大青山

雨中行

连日扬沙霾气重,趁夜雨袭一扫清。
出门痛饮三两口,荡气回肠再举盅。

2016 年 10 月 16 日呼和浩特

钗头凤·冬晨

红酥手,腮如酒,满城寒色压垂柳。朔风恶,暖意薄。一阵喧哗,几树离索。落、落、落。

秋已旧,山水瘦,绿痕红迹无处就。丛林阔,闲亭阁。行人虽出,快步哼哈。哆、哆、哆。

2016 年 11 月 3 日呼和浩特

满洲里

风笔雪纸想写诗,围炉暖语胜温日。
指看岭头月牙白,低顾雪埋前村池。

2016 年 11 月 7 日呼伦贝尔满洲里

浣溪沙·冬夜行军

猎猎浓寒凝眉头,踩冰抖霜踏征途。
静夜行军挥方遒。
飞雪入颈给提醒,口令声声催步速。
直奔天边小银钩。

2016 年 11 月 8 日冬季拉练

根河行

忍看寒树挂冰绸,层层衣袂尽凉透。
驱车漫追西风去,座座哨卡亲问候。

2016年12月4日呼伦贝尔根河冷极

念奴娇·野营拉练

举目眺远,纵长空万里,云轻留迹。朔风袭来清凉处,冷砌一垒冰壁。玉树琼花,寒鸟来去,人在冷浴国。战旗如画,望中列阵历历。

我自奋勇狂奔,哈气成霜,快步追前翼。出发总在星月下,今夕不知何夕。才欲乘车,幡然又弃,羞于省气力。拉练军里,一路铿锵无敌。

2016年12月15日拉练途中

拉练归来随想

不料有生之年
会弥补这段长路
行走遥远边关
把思念辗转成霜
凭一双肉脚板
丈量出忠勇辽阔

砥砺男儿担当
抖去了娇柔喜乐
怀揣经年梦想
告别那久违灯火
似鸟儿归巢般
投入你广袤大漠

风尘簇拥队伍
寒雾漫过了山廓

将士谈笑之间

铁马已横扫冰河

奔袭风餐露宿

卧听雪梅的赞歌

庆幸在这个冬季

与士兵兄弟一起

踏遍茫茫雪野

并以戍边人名义

把一份特殊情缘

默默向天边的界碑镌刻

2017 年 1 月 5 日呼和浩特

原上梅

塞外青城边,寂寞开无主。
已是冬暮独自蠢,更著风和雨。
无意苦争春,一任群芳妒。
零落成泥碾作尘,岁岁香如故。

2017年2月3日呼和浩特

昨晚立春

东风化雨逐西风,大地阳和暖气生。
万物苏萌山水醒,农家岁首又谋耕。

2017年2月4日呼和浩特

如梦令·北疆行

塞外厚土千顷,遥遥天河相映。彼此不领情,行到烂石枯井。追梦,追梦,风弄一地沙影。

2017 年 2 月 7 日呼和浩特

雪　后

大青山下云满蹊,千朵万朵压枝低。
庭院留连赏春雪,一张白纸印足迹。

2017 年 2 月 8 日呼和浩特

望江南·青城落雪

年未尽，灯映柳枝斜。试隔窗纸楼上看，满目银泻一城花。素妆笼万家。

佳节去，撸袖推陈渣。休对残冬数残缺，更将新雪煮新茶。祥瑞兆芳华。

2017年2月9日呼和浩特

春　花

欲寄彩签兼尺素，山长水阔知何处。
花开之时赠一枝，整个春天都送出。

2017年3月2日呼和浩特

让我为你唱首歌
——为内蒙古 70 华诞而作

总想亲近那林海雪壑
时常陶醉这千年牧歌
期盼凝聚成一幅幅画
守望化作诗词一阕阕
轻轻唤声亮丽风景线
闪耀了天边星儿颗颗
风雪穿越这最冷根河
牛羊洒满那锡林郭勒
敖包送来牧民的吟唱
马头奏出迷人的传说
深深眷恋壮美大草原
点燃了心底一腔焰火

总想亲近那戈壁大漠
时常追逐这千年骆驼
期盼凝聚成一幅幅画
守望化作诗词一阕阕
轻轻唤声亮丽风景线
闪耀了天边星儿颗颗
风暴穿越这最热黑城
胡杨伫立那额济纳河
奶茶传递久远的祝福
哈达表达纯洁的寄托
深深眷恋壮美内蒙古
澎湃了身外一地祥和

2017年2月19日呼和浩特

春 雪

东窗袅袅泛银光,疑似星移月转廊。
醒来疾步探究竟,恍入梨园尽素妆。

2017 年 3 月 24 日呼和浩特

周 末

周末游,杏花落满头。
陌上行人接踵,竞风流。
吾拟将身融入,烦事休。
纵被嬉闹吵,仍逗留。

2017 年 4 月 8 日呼和浩特

五 月

白云悠悠湖水平,问君绕枝谁歌声。
墙外落絮墙内柳,窃窃私语寻紫莺。

2017 年 5 月 1 日呼和浩特

题雨后花

自古逢雨悲寂寥,我言夏霖胜春霄。
落红一地胭脂诗,晾晒稿笺不用抄。

2017 年 5 月 3 日呼和浩特

五月雨

夏梦香,消初暑。

鸟雀喧闹,隔窗窥檐语。

叶色透湿滴宿露。

湖面散花,宛若风荷举。

水乡遥,无去处。

身在塞外,久作边陲旅。

五月甘霖可忆否。

散发弄舟,日日听梅雨。

2017 年 5 月 4 日呼和浩特

读晨曦《风》《花》《雪》《月》有感
（二首）

雨前初见花蕊奇，雨后再访硕果密。
风花雪月怎看够，古有清照今晨曦。

风逐妙笔写痴狂，漫舞丹青费思量。
花沾心底千点墨，文染世间万重霜。
雪映腊梅寒窗影，眉凝夏兰玉腕香。
月挂东篱勤采掇，茶淡诗浓慰朝阳。

2017年5月7日呼和浩特

晨走觅句

山桃溪杏一园栽,为谁零落为谁开。
百花不雨瓣犹落,片叶无风絮自来。
探身试水云在手,弄枝惊鸟香满怀。
客在天涯常思远,古道漫漫任意踩。

      2017 年 5 月 13 日乌兰浩特

借景添字

窗间梅熟争落蒂,墙下笋成先出林。
连雨不知恐春去,一晴方觉后夏深。

      2017 年 5 月 16 日乌兰浩特

连日高温

松辽五月暑气留,数日奔忙原野走。
山前坡下全播种,半是灰飞半露头。
杨絮闹心去去去,农夫锁眉愁愁愁。
闲云若解怜惜意,顷刻化雨洒热土。

2017 年 5 月 20 日通辽

一剪梅·小满日塞外行思

一派酷暑待雨浇,原上芽少,坝上叶俏。飞尘迷离飞絮缭,路也曲曲,车也翘翘。

何日归家洗征袍?小声哼调,小碗茶烧。岁月逆转人逍遥,垂了麦苞,弯了眉梢。

2017 年 5 月 21 日通辽

雨后别通辽

满城湿雾涤轻尘,朝雨淅淅草色新。
就此话别云中看,松辽平原赛美人。

2017 年 5 月 22 日通辽空中

塞外草原

呼麦一曲长风起,绿茵无垠漫天际。
谁执牧鞭聚祥云,牛羊成群没马蹄。
敖包琴弦醉千年,哈达乳香飘万里。
萋萋芳草展画屏,茫茫花海撒诗意。

2017 年 5 月 23 日乌兰察布

辗转乌兰察布

辽河归来风景异,阴山浅草堪试展。
临风顿觉雨后凉,拂尽黄沙足下起。

2017 年 5 月 24 日乌兰察布

鹧鸪天·陌上吟

云卷云舒风神道,地遥天阔紫气留。
何须南望觅水色,自是家国第一流。
草成茵,百花羞,毡房深处天籁悠。
骚人轻叹绝红尘,无事挂心忘春秋。

2017 年 5 月 26 日集宁

端午次日

塞上河岸蒲叶长,扁舟昨日出端阳。
戍边客路千万里,执手青城亦故乡。

2017 年 5 月 31 日呼和浩特

夜雨撤离

晓来俯青城,夏深风犹清。
河涨怜幽草,雨歇昨宵晴。
披衣高阁眺,微凉星月明。
归鸟巢干后,翻飞体更轻。

2017 年 6 月 6 日呼和浩特

鹧鸪天

塞上六月绿缤纷，幽径熏风醉行人。
夹道槐柳始藏鸟，窃喜身与凌波邻。
山乍笑，水长颦，与谁共度仲夏荫。
一骑独奔何曾惯，化作天马追流云。

2017 年 6 月 7 日呼和浩特

初　夏

毕竟青城六月中，风光不与别处同。
接天新叶无穷碧，山巅落日分外红。

2017 年 6 月 8 日呼和浩特

细品诗韵

世事无常终是灭,而诗不灭,能与天地争短长。
万物有品皆无好,而诗不坏,可与造化比高下。

2017 年 6 月 9 日呼和浩特

周末纪事

周末有闲暇,摊书宅窗下。
漫天乱云渡,静室落飞花。
贪看鸟儿舞,忘沏午前茶。
迷糊睡意袭,起身忙遛达。

2017 年 6 月 11 日呼和浩特

感 怀

少小从军身向远,家国情怀藏心间。
一文一武平生意,不忘初衷年复年。

2017 年 6 月 17 日呼和浩特

西江月·如意广场

乐起泉喷灯烁,云涌半城牧歌。大青山下避暑地,风逐清凉一片。

七九幢星天外,三五座河对岸。旧时毡房林水间,径曲幽通那边。

2017 年 6 月 21 日呼和浩特

久旱落雨

晚雨未歇淹梦乡,朝雾透湿隐山冈。
此韵绵绵美意会,一古脑儿向牧场。

2017 年 6 月 22 日呼和浩特

漫　步

伏雨渐远暑气盈,晨凉还傍桃李行。
漫惹倦鸟栖花枝,空对流云自多情。

2017 年 6 月 23 日呼和浩特

园中拾句

一园一径一人行，一花一草一长亭。
一湖一廊一林鸟，一风一动一云梦。
一日一游一来去，一叶一木一相逢。
一步一趋一往返，一言一诗一意境。

多少烟雨渡斜阳，多少露珠映苍穹。
多少悲喜化相思，多少嗟叹寄浮生。
多少尘雾逝流年，多少愿景幻虚空。
多少岁月付蹉跎，多少坚守执念中。

2017年7月2日呼和浩特

夜读品茶

岁月如诗,抑扬繁华
人生如饮,浮沉若茶

抑不弃本,扬不掩瑕
浮极跌落,沉底再发

日有升降,水分上下
起落寻常,甘苦刹那

捧卷有益,持盏驱乏
茶书一味,何论冬夏

诗润心田,茶养仙葩
卅年山水,弹指挥洒

携笔从戎，纵横叱咤
策马向北，星月天涯

昨夜睡迟，梦回老家
晨起抒怀，拥抱朝霞

2017年7月3日呼和浩特

我和塞北有个约定

原本可以安居水乡
那一日割舍江南的恩泽
亦曾惜别京都繁华
激荡起塞外戍边的豪迈
而今猎猎奔你而至
陶醉于这边陲粗旷风采

你伸展双臂拥抱我
茫茫戈壁涟漪万顷沙海
你策马驰骋蛊惑我
琴弦哈达飞扬醇酒香奶
你敞开胸襟接纳我
广袤草甸蔓延千里之外

有一句话讲过很多遍
却依然情窦未露劳神猜
有一首歌唱了很多次
却仍旧挥之不去萦心怀
有一个梦埋藏很多年
难道注定是宿命作安排

如果我们真的有灵犀
彩虹上祥云化雨引水来
如果我们真的有缘份
苍穹下守望相助永不掰
如果我们真的有约定
红尘中天荒地老共徘徊

2017年7月7日呼和浩特

月　夜

松月生夜凉，竹风发幽廊。

梦浅浑不觉，星眨孤枕旁。

2017 年 7 月 9 日呼和浩特

晨　雨

塞上夜短夏日长，砚台倒影练字忙。

忽觉帘动风乍起，雨打芭蕉一院凉。

2017 年 7 月 10 日呼和浩特

草原雨

曙色新雨中,松声轩窗里。
陌上旱讯迟,浅草没马蹄。

2017 年 7 月 11 日呼和浩特

塞　外

遥知双亲病悠悠,惟有空思枉自揪。
床前谁人替呵护?心乱如焚军中愁。

2017 年 7 月 13 日呼和浩特

南湖湿地

栈桥弯弯无人家,烟柳青青云水斜。
相思暂存寂廖处,雨后渐放垄上花。

2017 年 7 月 16 日呼和浩特

鹧鸪天·广场

　　歌沸泉喷舞飞扬,松风吹皱小池塘。
凌空巨鸟时轰鸣,人面华灯月牙藏。
　　阴山外,青城旁,移石引流种荫凉。
劳动创造如意福,其乐融融万年长。

2017 年 7 月 17 日呼和浩特

夏日柳林

烟雨初收连理荫,袅袅荡尽四季尘。
待落繁花独自幽,依依生姿万象新。
水岸扶摇洗秀发,池塘开合抹皱纹。
此翠此绿临风长,叶卷叶舒总精神。

2017 年 7 月 19 日呼和浩特

定风波·夜雨

恍惚穿林擦叶声,恰似窃窃私语行。大暑过后胜蒸煮,太热,一袭夜雨悄入梦。

阵阵清风吹又醒,微熏,枕边曦照揉惺忪。探首向来萧瑟处,已去,也无风雨也无晴。

2017 年 7 月 24 日呼和浩特

远方诗韵

朱日和阅兵
——喜迎建军 90 周年

今朝沙场帅点兵,将士攥指竞风流。
雄师一去终复返,强军千载梦悠悠。
晴云历历战鹰酷,芳草萋萋装甲牛。
祖国检阅为哪般?不达复兴誓不休。

2017 年 7 月 30 日呼和浩特

晨 雨

谁人与谁喃喃声,滴滴答答扰清静。
披衣临塘闻细雨,柳浪扶摇生凉风。
热去纷纷遁叶林,暑来此曲最中听。
青城八月可圈处,时有甘露湿晓梦。

2017 年 8 月 2 日呼和浩特

立秋日过如意河畔

万物临秋暑气轻,隔岸风柔闻蝉鸣。
东河水面起微澜,闲云栖洲幽思升。
桥堡奔马一长嘶,阴山深处没回声。
彼路迢迢少探望,此心殷殷追飞鸿。

2017年8月6日呼和浩特

塞上秋临

秋水清清秋月明,秋叶一夜绿泛红,
秋思绵绵秋云淡,秋雁两行隐长空。
秋入庭院秋意深,秋上案头岁月惊。
秋来秋往无穷极,秋色宜人若初逢。

2017年8月7日呼和浩特

水调歌头·塞外
——贺内蒙古自治区成立70周年

策马正北方,芳草碧连空。自治我为先河,起源兴安盟。曙光大青山上,旗展亮丽内蒙,冉冉喷礴红。播撒团结语,各族水乳融。

百万顷,状雄鹰,如意擎。守望相助,打造一派壮美景。回眸成吉思汗,驰骋猎猎欧亚,傲然逞杰雄。七十辉煌曲,接续中国梦。

2017年8月8日呼和浩特

近日多雨

阴山云雾连地溪,旷野茫茫接天低。
原上解渴草势茂,牛羊群群撒欢蹄。
如意河水如意涨,青翠树木青翠滴。
谁言塞外少绿色,劝君莫念老黄历。

2017 年 8 月 10 日呼和浩特

秋 思

碧云天,黄叶地。秋色连波,塞上寒烟翠。山映斜阳天接水。芳草无情,更在青城外。

思村庄,追旅思。昼昼除非,好梦留人醉。月明楼高休独依。茶热秋凉,化作相思泪。

2017 年 8 月 11 日呼和浩特

戍 边

云弄寒水月袭沙,夜走如意近谁家。
游子不知戍边苦,隔河犹闻草原花。

2017 年 8 月 12 日呼和浩特

乌素图森林公园

忙中取闲寻清秋,登高回望卧虎吼。
长廊拾级接花海,问道松风云悠悠。
塞外载余匆匆过,比邻难返是京都。
日移中天半晌去,就此告别出山丘。

2017 年 8 月 13 日呼和浩特

忆江南·塞上秋

夏去也,才别艳阳天。犹有落花流水上,乍迎芳草画屏前。更觉空气鲜。

2017 年 8 月 19 日呼和浩特

塞上秋早

远上高原万里秋,芳草泛黄似醉酒。
杨柳低垂云挂溪,阴山欲雨涧鸟啾。
回庭信步听叶落,蝉寂绿芜看树瘦。
诸君若问新鲜事,塞外八月寒水流。

2017 年 8 月 22 日集宁

塞 外

盈盈一水绕新城,迢迢万里逐旧梦。
呼和阴山两相望,秋色堪比去年浓。

2017 年 8 月 29 日呼和浩特

长相思·秋吟

昨日忙,今日碌,世间众人乐复忧。
天蓝云依旧。
去年秋,今年秋,季节变幻一转头。
生生放不休。

2017 年 8 月 30 日呼和浩特

伊金霍洛原上八月

悠悠秋水长,萧萧落木殇。
沉沉鸿雁曲,声声醉远方。
漠漠秋风催,淡淡云雾凉。
点点花红褪,款款入诗行。

2017 年 8 月 31 日鄂尔多斯

遣 怀

原上秋云映苍茫,岸边蒹葭掩微凉。
晨来有月西山落,柳风无力东荷塘。
路上识我影一个,与谁平分此金黄。
且自凭栏独寂寂,大雁何故排字忙。

2017 年 9 月 1 日鄂尔多斯

蝶恋花
——贺联合国治沙盛会在鄂尔多斯举办

防治荒漠贯今古。征战声中,缔约方来聚。播洒青翠谁之福?后人纳凉先栽树。

从前沙丘应无数。桑田沧海,直通小康路。天地恩深深几许?芳草连绵绵绵语。

2017年9月1日鄂尔多斯

秋波媚
——9月6日联合国治沙盛会在鄂尔多斯开幕

秋到边城分外嗨,缤纷呈异彩。五洲宾朋,齐聚边塞,盛况壮哉。

多情谁似大漠草,绿染响沙海。康巴什柳,东胜百花,共绘未来。

2017年9月6日鄂尔多斯

塞上九月

清秋万顷原如海,哈达千条云中裁。
莫道风凉叶黄里,南望京都又一载。

2017年9月8日鄂尔多斯

原上怀远

草原夜色美，地遥星月媚。
举步怜花香，天近遐思飞。
风柔寒露凝，夜静灯影随。
不堪拂乱发，吹我奔走累。

2017 年 9 月 10 日鄂尔多斯

戍边纪事

冬云悠悠春如昨，夏树萧萧秋去多。
敕勒川西闻芳茅，青城河东听微波。
昭君寝邸挪闲步，大召庙前观旺火。
千里边陲伤过往，一腔豪情倾家国。

2017 年 9 月 13 日呼和浩特

秋分游园

风回庭院涂金黄，花残叶败满枝凉。
时入秋分清露冷，缺月逢圆桂飘芳。
莫道出塞路途远，家国情怀自难忘。
年年登高数归期，再持霜雪煮茶香。

2017年9月24日呼和浩特

寄语中秋

万里凝碧溢清寒，千户百家乐团圆。
十有九八望星空，七日假期费盘缠。
六山五岳行者多，四海三江人头满。
两地远隔谁问候，一轮明月送窗前。

2017年10月4日呼和浩特

思 乡

天尽头是月光,月尽头是家园。
今夜月色满天,今夕相思倾城。

2017 年 10 月 5 日呼和浩特

满庭芳·雪落惊秋

素心对秋,清浅入眸,败叶纷离空枝。林寂人静,群鸟低徘徊。疑是霜露近也,几处处,朔气频催。径幽处,风逐苍黄,原是故人来。

伤怀。冬已至,一帘旧梦,新事费猜。问半卷闲愁,知为谁开。漫说诗须伴茶,茶未醒、句已先苏。出塞久,时光飞转,白雪连两载。

2017 年 10 月 16 日呼和浩特

霜降日望远

惯听踏踏戎马声,且自漫漫边关行。
草色苍茫云低回,大漠风疾水微冷。
岁月静好霜又降,枫树枝头红日迎。
回眸远路向来处,半是风雨半为晴。

2017 年 10 月 23 日呼和浩特

无　题

淡然若夏花,绚烂而静寂。
清雅似秋树,凋敝复青葱。
给予岁月的,终究要回馈。
跑不过时间,就超越自己。

2017 年 10 月 26 日呼和浩特

秋日游园

如果不是风儿催促
园中小树哪里知道
它和冬天也只剩下
最后一片枯叶距离
万物抵达季节边缘
秋水虽与长天一色
即便云霞全然不知
终挡不住霜雪脚步

如果不是风儿提醒
园中小树哪里知道
它和冬天也只剩下
最后一片枯叶距离
在无数岁月的枝头
季节正匆忙地卸妆

剩下最后缤纷坚守

只为晨露挂上梦想

2017年10月27日呼和浩特

多云日过阴山

云聚众山内,云散群山外。

云淡近山翠,云浓远山黛。

云升山扬帆,云落山路开。

云柔山壮美,云秀山豪迈。

山是云大家,云乃山小孩。

山是云根本,云乃山气概。

山高耸云端,云低萦山怀。

山长万年立,云短去复来。

2017年11月1日呼和浩特大青山中

读李贺《马诗》增字寄怀

风洗大漠沙如雪,北出燕山月似钩。
扬鞭何当金络脑,策马快走踏清秋。

2017 年 11 月 2 日呼和浩特

回乡途中

晨曦深处堆群峰,几处隧道睡梦中。
醒罢才知长安过,车轮滚滚入秦岭。
阔别回少忙辨认,山水未改旧时容。
隔窗仍识村边树,倚枕犹闻田园声。

2017 年 11 月 5 日经陕西过秦岭

与友登老界岭

结伴攀登风送凉,谷前丛林染金黄。
彼人彼情疏多时,此山此水亦牵肠。
肯信青梅结交深,重拾竹马指日长。
相约他年再聚首,满坡木叶猛鼓掌。

2017年11月8日南阳伏牛山老界岭

鹧鸪天·回乡纪事

拔冗偷闲听乡音,两地牵挂聚更亲。
促膝长谈趣味事,忘却身是天涯人。
数日后,思念存,就此告别踏风尘。
若教惜取情份在,叶高千尺总归根。

2017年11月13日南阳西峡

院内秀林

公孙枝头生晓寒,银树林下享清谈。
休对故木说故芽,且就新兴试新笺。

2017 年 11 月 14 日北京

再赴边防

古道漫漫朔气沁,辽阔草原雪纷纷。
渐行渐近渐无语,四野茫茫凝冰心。
穿林涉滩问哨卡,千枝万叶透春韵。
顶风傲霜走边关,一路铿锵抖精神。

2017 年 11 月 21 日呼伦贝尔

小雪日军中行

日行千里忘天涯，心静之地即为家。
昨夜一梦疑南国，醒看万树尽着花。
落雪无踪鬓挂霜，片片入溪厚冰渣。
莫愁途中无村舍，军营座座续热茶。

2017年11月22日呼伦贝尔

林中偶遇麋鹿

依依相送柴扉旁，频频忍顾怜饥荒。
他日若有游人来，记得此君欠口粮。

2017年11月23日呼伦贝尔

塞外行吟

晨辞呼伦贝尔间,日照边城两湖滟。
行车翼翼山道曲,飞雪片片冷兴安。
根河冰水逐波去,鄂伦朔风刺骨寒。
欲洗征衣过嫩江,扎兰屯里蹭晚餐。
途中禽鸟林罕至,栏内麋鹿止门前。
识尽艰辛谁与语?戍疆男儿执手谈。
遥知此行美意在,问计官兵兴致满。
临别频闻踏歌声,乾坤永固万万年。

2017 年 11 月 24 日呼伦贝尔

渔家傲·途中
——深冬初到赤峰印象

丘甸起伏生寒雾,河泽粼粼乱云渡。仿佛丹霞落川野。一峰奇,披挂朱砂千年蠹。

抖落霜花嗟佳句,谩品古韵有出处。塞上灵根玉龙舞。足莫驻,趁此风劲军中去。

2017年12月1日赤峰

中华第一玉龙

北方先民心智聪,玉魂龙魄归一宗。
浩瀚华夏百花艳,映日山峦别样红。

2017年12月2日赤峰

叹时光如梭

晓起入林鸟无踪,风劲草枯抖霜影。
忍闻落叶伤春曲,怜顾冷月悬冰灯。
才折细柳鸣夏笛,曾扯藤笆捉秋虫。
蹄疾步稳忙中过,策马扬鞭又出征。

2017 年 12 月 10 日呼和浩特

醒盼一场雪

远山隐隐似火烧,入冬久晴湿气少。
梦里常觅鹅毛雪,满园琼花绽梅梢。

2017 年 12 月 16 日呼和浩特

卜算子·咏石

塞外戈壁石,相中搬家来。置于几案常鉴赏,读尽风和雨。

饱经冬夏春,弥久镌风流。寂寞铸得魂与魄,铮铮坚如故。

2017 年 12 月 18 日呼和浩特

冬　夜

夜长醒来无睡意,遥看星云对愁眠。
回首已非边关客,岁月如梭又一年。
常自顾影登高处,何曾轻松得清闲。
戎马倥偬歌芳华,此情可待圆梦还。

2017 年 12 月 19 日呼和浩特

塞北的冬

遍寻全无芳草绿,牵马踏冰过河池。
塞上好景君须记,应是银妆素裹时。

2017 年 12 月 21 日呼和浩特

青城久未雪

风逐流云远苍山,时过冬至雪未沾。
翻墙鸟儿傍衰草,隔岸钩者负渔竿。
忙过回屋钻书堆,且自偷得一日闲。
关窗抛却思雨事,漫品茶香忆江南。

2017 年 12 月 23 日呼和浩特

致匆匆芳华

人生如旅日悠悠,物换星移逝水流。
昼夜兼程驹过隙,岁月不待岂可休?
何若弃鞭自奋蹄,学作田间老黄牛。
等闲识得两岸景,逆风扬帆催飞舟。

2017 年 12 月 24 日呼和浩特

踏雪归吟

雪色覆庭院,青城风闭门。
初阳升朝气,新月降山阴。
轻步扰静寂,薄雾惊寒禽。
劝人莫清扫,此物驱心尘。

2018 年 1 月 6 日呼和浩特

素心若雪

　　2018年的第一场雪，终于这样悄无声息、洋洋洒洒、铺天盖地而来。抬头间窗外早已银装素裹，俯视园林宛若梨花灿烂、次第盛开。此时的雪，虽无李白笔下燕山雪花大如席一般的夸张，但却有塞外雪的独特魅力，那一片片玉树琼枝恰似繁花初绽，瞬间满眼一派北国风光，幽幽散发着丝丝缕缕冰清玉洁的神秘韵味，尘世间一切都变得婷婷玉立。放眼眺望，积蓄了一冬的忧郁尽随片片雪花荡然无存。偏爱这粉妆玉砌中的优雅静谧，处处充满着诗情画意直让人陶醉其中。在如此惊艳的雪飘里，的确适合围炉烹茶、回忆过往，不知不觉就忘却了身处远方……我的心，瞬间就融化在呼市的这场降雪里了。

　　入夜，读苏轼这首《行香子·述怀》："清夜无尘，月色如银。酒斟时、须满十分。浮名浮利，虚苦劳神。叹隙中驹，石中火，梦中身。虽抱文章，开口谁亲。且陶陶、乐尽天真。几时归去，作个闲人。对一张琴，一壶酒，一溪云。"虽然今晚没有月色，但也天地雪白。联想东坡先生彼时彼地独自述怀，叹时光飞逝、叹名利诱惑、叹身心劳苦，也曾禁不住神往于伯牙子期的高山流水、神往于闲云野鹤的随心所欲。原来古人亦如此这般，或许我们终生都无法做到脱离世俗，但并不妨碍时刻保持一颗质朴宁静的素心，就如窗外这惊艳了沉寂时光的片片飞雪……

2018年1月8日呼和浩特

盆种蔬菜

无雪无梅无月影，有书有茶有闲情。
三九严寒室内暖，撒下种子催苗生。

2018年1月9日呼和浩特

鸟儿问答

缩身寒枝懒鸣啾,塞外芳菲抛掷久。
待到春来再比拚,草色迷眼底气有。

2018 年 1 月 10 日呼和浩特

几日未回又添新芽

一畦春韭绿,十分蔬菜香。
长成充饥馁,闲余侍耕忙。

2018 年 1 月 25 日呼和浩特

我的风花雪月

风驰鞍马远尘埃,花漫青山人释怀。
雪落北疆吹沙去,月瘦边塞彩云来。

2018年1月26日呼和浩特

雪后寻春

天公洒花日初晴,张臂入怀拥冷清。
窗开千扇人不见,门闭万户城无声。
飞絮纷叠肥瑶池,卧堤稀碎瘦身形。
拂肩柳枝近前看,疑似含苞泛芽青。

2018年1月27日呼和浩特

无 题

天光物态弄清辉,敕勒川下疑春归。
纵使晴明有雪色,曦云片片若雁回。

2018 年 1 月 29 日呼和浩特

返京公出

梦里仰看月盈亏,醒来塞外朔风吹。
年年忆昨时序旧,岁岁惜今景致醉。
千山堆雪千山静,万里涌云万里飞。
遥知冬深有穷处,此去故园抱春回。

2018 年 1 月 31 日北京

晨起偶吟

醒看门月非为闲,勾我常耕心头田。
春夏秋冬弹指过,北国戍疆掀新篇。
故园南望山隔山,青城溢彩年接年。
塞上冰厚封纸笔,微信传语颂平安。

2018年2月9日呼和浩特

雨水节

年味渐淡雁影斜,东风化露饮若茶。
谁持梦笔写芳绿,山川处处始飞花。

2018年2月16日呼和浩特

初一杂吟

春　风款款催人勤，
节　后处处年味醇。
快　意金鸡鸣旧岁，
乐　观祥犬旺新尘。

万　户张灯易桃符，
事　遂大势延良辰。
如　诗芳华军中过，
意　留北疆豪气存。

新　城久居情深深，
春　来边塞融冰心。
大　道至简写壮美，
吉　星高照凯旋门。

再　整行装勇奋进，
展　翅千里惜光阴。
鸿　雁声声唤君回，
图　强锣鼓盖余音。

2018年2月19日呼和浩特

边塞春迟

应是三月枝叶芳，大地回暖始耕忙。
独步陌径空念远，边城燕迟风犹凉。

2018年3月3日呼和浩特

惊蛰吟

一雷隐约梦惊醒,万物复苏催蛰虫。
田间地头闲人少,牛马撒欢忙春耕。

2018 年 3 月 5 日呼和浩特

"三八"节塞外思
——兼贺天下女人节日快乐

最是岁月静好处,伊人如花花若汝。
软风拂面轻轻吹,鸟穿新枝喃喃语。
院内玉兰香浓否,篱边蔷薇可垂瀑?
待到他年草长时,携手漫步叙衷曲。

2018 年 3 月 8 日呼和浩特

青城三月降雨雪

春鸟作伴空徘徊,丝雨霏霏疑花开。
风起塞外挽雪至,两君趁夜并排来。

2018 年 3 月 9 日呼和浩特

寻春杂吟

晓瞅柳枝晚看篷,春光偷懒匿芳踪。
陌上三月花不开,故园遍野绽桃红。
常顾溪旁丛草新,最喜烟雨撩啼莺。
惘归暂揣心中事,原谅地远山万重。

2018 年 3 月 10 日呼和浩特

盼雨偶感

岂因塞外路遥远,阳春三月柳色浅。
敕勒川下衰草枯,大青山顶雪迹干。
戍客南望思花香,边邑北倚凝露晚。
好雨知时何不来,天公偏心为哪般。

2018 年 3 月 13 日呼和浩特

塞上春雨

放眼南坡烟云重,水墨一夜湿青城。
鸟占高枝坠清露,杨柳梢头挂黄茸。
心中柔波绵绵起,浩然千里荡东风。
妙手回春君莫让,缤纷景致属你能。

2018 年 3 月 17 日呼和浩特

河套平原

黄河弯弯淤良田,阴山套在白云间。
绕溪策马平原阔,不教蹄缓半日闲。

    2018 年 3 月 26 日巴彦淖尔

塞上行

辽阔边塞多风沙,白云深处少人家。
停车遥看阴山远,春尽三月仍无花。

    2018 年 3 月 27 日巴彦淖尔

晨读偶得

兴入书海任远近,欲涉文林访古今。
掬水可赏四时月,拈句尽享万年春。

2018 年 3 月 28 日呼和浩特

浪淘沙令·青城

城外水潺潺,春意阑珊。轻风掀衣不觉寒。径里忘却身是客,一树芳喧。
广场独凭栏,望尽远山,别时容易见时难。诸事如棋费思量,苦乐人间。

2018 年 3 月 31 日呼和浩特

踏青归吟

一季繁华巷陌喧,万条柳丝舞翩跹。
蜂蝶才觅三月花,闲云又醉四月天。
好动绕林去复回,喜静就荫看钓竿。
揽胜半日心尘无,禅茶两口了忧烦。

2018 年 4 月 1 日锡林郭勒

天净沙·雨中

胡杨红柳白桦,大漠戈壁黄沙,长路孤鸿矮马。牧场毡花,戍边人向天涯。

2018 年 4 月 10 日锡林郭勒

塞外见闻

遍走陌上花不遇,踏破草甸无觅处。
策马追风天际近,闲云遮日时作雨。
漠漠高原春色浅,袅袅寒烟笼远树。
芳菲四月未留痕,诗兴撩人空嗟乎。

2018 年 4 月 11 日锡林浩特

鹧鸪天·夜栖阿尔山

连日奔波行匆匆,暮色才与晨光重。
抬眼突兀群岭出,逶迤万里接碧穹。
入未看,星月笼。醒来一眺韵无穷。
苍松白桦布兵阵,圣泉天籁响叮咚。

2018 年 4 月 12 日呼伦贝尔

塞外春迟

边城四月着春色,南坡桃花始盛开。
忙余偷闲无觅处,不觉踱入此中来。

2018 年 4 月 22 日呼伦贝尔

塞外五月

江南池积夏时鸭,塞上繁木叶初新。
边陲五月春醒迟,闲云慵懒抚牧琴。

2018 年 5 月 3 日呼伦贝尔

步唐孟郊《登科后》韵
——兼致塞外青年节

昔日芳华不足夸,今朝放歌走无涯。
东风浩荡马蹄疾,纵身嗅尽原上花。

2018 年 5 月 4 日呼和浩特

立 夏

莫名懒动倚南窗,薰风阵阵带丁香。
流莺啼春淡云影,槐树入夏浓荫凉。
闲看残红随风去,空留蕙草自吐芳。
日斜忙过回首处,月上边关又一晌。

2018 年 5 月 5 日呼和浩特

晨走归吟

阴山远卧草色青,敕勒川下花满城。
小园香径搁旧事,为探新境步匆匆。

2018 年 5 月 6 日呼和浩特

塞上行步王维诗韵

驱车沙原欲问边,穿越腾格过居延。
披星戴月出塞去,雁影入云鸣胡天。
大漠深深孤烟直,长河弯弯落日圆。
诸君若问欲何往?苍天圣地阿拉善。

2018 年 5 月 10 日阿拉善

望贺兰山阙

苍山如海舟车行,流沙响涛伴雨晴。
边塞五月辗转忙,朝发夕至走兵营。
雄关漫道真画卷,风起云涌觅诗踪。
天光物态多少事,归来煮茶笑谈中。

2018 年 5 月 11 日阿拉善

浪淘沙·西域军营

　　脚下路深浅。舌燥口干。酷暑极热伤容颜。并肩促膝话共守,固我边关。

　　云聚雨难全。沙丘连绵。踏破戈壁忍顾盼。盘点此行几多苦,悄入诗笺。

2018 年 5 月 13 日阿拉善

漠北行

阴山叠叠云迢迢,敕勒川前艳阳烧。
塞上五月风沙频,浅草没蹄牛羊少。

2018年5月15日包头

包头[1]行

西域渐远山着色,东河将近水扬声。
胡杨看罢再逐鹿,钢城夜宿忆驼铃。
沙海春去花影无,泽地夏深柳姿萌。
暂洗困顿陇南望,拭汗依然漠北行。

2018年5月17日包头

---

[1] "包头"蒙古语意指有鹿的地方。

无 题

无事且从闲处乐,有书须向静时观。
入梦易忘奔波苦,放眼难舍云澹澹。

2018 年 5 月 19 日包头

雨 后

一枕清风半窗雨,万里层云淡几许。
放下琐碎园中走,路转横塘闻蛙语。
边城入夏景渐好,芳尘空蒙谁与度?
敕勒川前执拙笔,青山石上留诗句。

2018 年 5 月 20 日呼和浩特

晨　走

草漫曲径云接空,溪塘倒吹林间风。
若非阴山抬头见,会当江南亭下逢。

2018年5月25日呼和浩特

浣溪沙·天又扬尘

盼得闲暇踏野芳,谁料沙虐暗日光,折回斗室闭轩窗。
一撮新叶溢春韵,半笺书稿透夏凉,抿茶捧卷两重香。

2018年5月26日呼和浩特

无 题

常自独步听林鸟,暗香疏影心事少。
行到微汗小憩时,停看闲云草头绕。

2018 年 5 月 27 日包头

渔家傲·夏思

塞上夏来风景异,云涌雁阵无去意。四野草色连天际,牧歌里,长调呼麦淌满地。

奶茶一杯香万里,敖包相约会有期。琴声悠悠马蹄疾,情未了,稳边固疆将士喜。

2018 年 5 月 28 日呼和浩特

夏忙场景

磨镰不误割麦功,收获全凭躬身行。
莫道农家谚语浅,话糙理深惠平生。
杏子熟时入三伏,左邻右舍忙五更。
何须更问万件事,一份耕耘一份情。

2018 年 5 月 29 日呼和浩特

午　休

松荫一溜半夹槐,偏有丁香倚窗开。
午睡才浅鸟入梦,戏啄清风枕边来。

2018 年 5 月 30 日呼和浩特

途中拾句

书倦人乏独出行,碧天如水淡淡风。
抽身赋闲林下走,飞鸟惊步喳喳鸣。
繁枝疏影消暑地,老少结伴笑语盈。
更行更远觅佳句,路尽方觉诗自成。

2018 年 6 月 2 日呼和浩特

呼和浩特之夏

大召寺北阴山西,水波微澜云桥低。
两岸客舍添新树,一色驿站透古意。
青城渐欲名归真,敕勒川草溅马蹄。
最爱塞上六月风,动静柔狂总相宜。

2018 年 6 月 3 日呼和浩特

芒 种

春播一粒夏垂穗,芒种时节岂能歇?
风过麦田千尺浪,露起入镰忙不迭。

2018年6月6日呼和浩特

塞上六月

众鸟唤我醒,起身晨光行。
缺月下城池,旭日上青峰。
花枝横斜处,草叶泛曦影。
感时诵短句,未语醉东风。

2018年6月7日呼和浩特

无 题

别离京城两年多,时光如水耐消磨。
惟有门前大青山,相逢仍诵敕勒歌。

2018 年 6 月 10 日呼和浩特

雨中吟

薰风携雨荷色新,翠柳散发抹池纹。
凉夜到晓梦不成,热情常伴忙活人。

2018 年 6 月 11 日呼和浩特

采桑子·咏戈壁红柳 [1]

放眼一瞥天地阔,左也沙丘,右也沙丘,惊鸿摇曳雄赳赳。

风起何堪凌云土,枝也隽秀,花也娇羞,旷世守望几时休。

2018年6月12日鄂尔多斯

---

[1] 红柳,多生长在戈壁、大漠、碱滩、荒原;无人插种、耕耘、浇灌,甚至无人欣赏;但不管冬有多寒,夏有多炎,风有多狂,它该开花时就开花,该妩媚时照妩媚。由于多风干旱,锻铸了一身硬骨,它的木质坚硬且细腻,虽十年八载只长两三米高、一把粗,终是无怨无悔,在大千世界坦荡地展示着属于自己的生命图腾和庆典。当地百姓说:看见红柳的地方,沙漠就快到了尽头,就接近绿洲了。红柳,以她特有的姿态,坚守着沙漠绿洲。枝条看似弱小,但非常有劲节,而且柔韧。看似羸弱的身躯,抵挡着一次次风沙侵袭,沙漠在她面前怯步!

北疆兵歌

总想亲近那林海雪壑
时常陶醉这千年牧歌
期盼凝聚成一首首诗
我是诗句中的一腔火热
敖包送来牧民的吟唱
马头奏响迷人的传说
深深爱恋亮丽风景线
奋斗创造出美好的生活
啊哈嘿，内蒙古
让我为你唱首歌
唱你的高远唱你的辽阔
唱你新时代无畏的拼搏
我愿化作璀璨的群星
守望这一片广袤的山河

总想亲近那戈壁大漠
时常追逐这千年骆驼
期盼凝聚成一幅幅画
我是画卷中的一抹绿色
奶茶传递久远的祝福
哈达表达纯洁的寄托
深深眷恋壮美内蒙古
忠诚谱一曲戍边的赞歌
啊哈嘿,内蒙古
让我为你唱首歌
唱你的富饶唱你的丰硕
唱你新时代豪迈的超越
我愿化作展翅的雄鹰
守护这一片壮丽的山河

2018 年 6 月 13 日呼和浩特

鹧鸪天

初行焉知此路长,南国踏遍移北疆。望穿天涯家模糊,古道漫漫向苍茫。

星月移,舟车忙。边关远眺忍离殇。慢揣相思乘风去,疾步陌尘念高堂。

2018 年 6 月 29 日呼和浩特

仲夏即事

身生困顿少轻松,时入仲夏多睡虫。
频提精神茶水淡,暑深不觉咖啡浓。
开窗驱热日当头,敞户慢有淡淡风。
埋首旷久勿忘问,庭院林下荫几重?

2018 年 7 月 5 日呼和浩特

听 雨

一　枕斜倚睡意忪，
帘　动忽闻暮雨声。
幽　窗淌若游子泪，
梦　随清溪去匆匆。

2018 年 7 月 6 日呼和浩特

小暑·呼和浩特

云峦叠叠隔彼岸，水中山色临镜看。
昨夜雨稀润缺月，今晨风柔斜柳前。
凝眸飞鸟翩然至，寄书一封捎回还。
塞上新绿翻微浪，春去夏来花事喧。

2018 年 7 月 7 日呼和浩特

披月看花

自古花月两相宜,怜花惜月孰可欺。
花前月下忘回转,月美花香韵依依。
花羞隔枝偷窥月,月醉弄云花迷离。
晚风习习约重逢,花月无语定佳期。

2018 年 7 月 8 日呼和浩特

夜雨初晴

睡前听雨碎梦床,醒后闻鸟啄朝阳。
懒拥清风惹新愁,开卷泼茶觅旧忙。

2018 年 7 月 13 日呼和浩特

偶　得

春绿枝头非有意，夏雨归溪本无心。
秋月圆缺独轮回，冬梅开花雪纷纷。
朝来才看旭日露，暮至又见星河隐。
事能知足身常惬，人若无求品自钦。

2018 年 7 月 14 日呼和浩特

记周末闲趣

半盏茶雾浮轩窗，一纸书韵敞心房。
闭门读史知兴衰，回首向去明短长。
忍看往事似叶落，争睹来者若花放。
守得寂寞享清静，轻捻这片好时光。

2018 年 7 月 18 日呼和浩特

草原之夏

塞外七月景致佳,穹内一派壮美画。

雨顿时时出彩虹,草长处处没快马。

摔跤汉子酒歌醇,哈达姑娘醉奶茶。

敖包三幡聚祥云,羊群四散撒莲花。

2018年7月20日呼和浩特

鹧鸪天·牵牛花

动人楚楚故作羞,雨洗花蕊俏枝头。

欲摘插瓶独与说,待到前来手却收。

韵依依,姿悠悠。 色喇叭对空吼。

何事惹君吐芳曲,莫非不满名牵牛。

2018年7月21日呼和浩特

军中感怀

身披戎衣戍北疆,春去秋来驰骋忙。
闻尽夏花耐酷暑,看惯冬雪裹寒霜。
悠悠万事国为大,遥遥一隅家短长。
岭上云雨随它去,敬终如始惜时光。

2018 年 7 月 22 日呼和浩特

长相思·雨

院落中,鸟声声。谁舞芭蕉叶上风。晨雾一重重。

时尚早,荫下行。孰知偏入烟雨中。脚步急匆匆。

2018 年 7 月 24 日呼和浩特

边城晨眺

阴山苍茫云悠悠,接天长路一望收。
风从如意河畔起,心往晴空高处走。
应是昨夜雨殷勤,晓月如镜悬沙洲。
登楼四望惹雅兴,且向平野问不休。

2018 年 7 月 25 日呼和浩特

晨 起

恍惚一梦鸟喧林,日上三竿闹铃频。
昨夜月朗入眠迟,快步清风扔困顿。

2018 年 7 月 26 日呼和浩特

游园杂兴

闲过池畔看荷花,早有痴者执画架。
塞上夏日堪避暑,风出幽径绿阴下。

2018 年 7 月 27 日呼和浩特

清平乐·夏夜

年年伏里,常盼暑快去。掠尽夏花无留意,剩得孤叶单树。

今还地北天涯,溶溶边关月华。看取星云飞渡,猛追过隙白马。

2018 年 8 月 3 日呼和浩特

登大青山

青城渐远峦叠翠,阴山压顶鸟低回。
乘兴拾级凭栏望,崖壁清风徐徐吹。
一溜村落苍茫去,半空云带腰间坠。
莫道后来难超越,笑问前面还剩谁?

2018 年 7 月 31 日呼和浩特

立秋随吟

秋日融融暑气收,秋雨绵绵蒲扇丢。
秋林萧萧生寂寥,秋空澄澄云飞袖。
半晌晴雨消残夏,一叶飘摇惊新秋。
阴长阳短四时事,此起彼伏三地愁。

2018 年 8 月 4 日呼和浩特

无　题

翻时光厚书，虽读得懂风花雪月；
站季节拐角，却走不出沧海桑田。
听万木萧萧，重复无数离合悲欢；
抚心灵琴瑟，轻弹静美生命恋曲。

2018 年 8 月 5 日呼和浩特

偶　得

一花一草一世界，春枝绽放秋落叶。
万事若作如是观，心地无尘清静歇。

2018 年 8 月 6 日呼和浩特

致盆植荆芥

播下种子
长出喜悦
等待不是未知
坚守赢得丰硕
点点滴滴的顾盼
成就一池翠绿
风轻云淡的样子
让心不染杂尘

洒脱恬淡的风姿
弥漫生活清香
岁月因付出而懂得
生命因懂得而厚重
掬一捧塞外田园
握一份边关辽阔

岁月淡恬
时光静好
心地葱郁
微笑向远

2018年8月7日呼和浩特

无　题

诗　言心声纳天下，
酒　逢知己吐真话。
茶　陶性情淡浮沉，
花　怡生活浓万家。

后记：在忙过一周后能静静地坐下来，吟一首随性的诗，品一壶清苦的茶，如若在夜幕之下再就一壶月酿的老酒，赏一盆幽香的花，世间雅事也不过如此吧，感而记之，愿这个周末快乐……

2018年8月8日呼和浩特

点绛唇·雨后过草原

辽阔北疆,逶迤万里秋色酷。追风向去。乍晴云催雨。

遥寄敖包,悄然砌心语。抬眼处,连天碧草,绵延来时路。

2018 年 8 月 11 日乌兰察布

再走边防

白云有情追千里,绿草无言漫天际。
一路狼烟费颠簸,万顷碧波任涟漪。
总愧边关往来少,常歉哨所问候稀。
轻携淡淡塞上风,遥寄重重牵挂意。

2018 年 8 月 15 日锡林郭勒

边关行

浅脚遍访戍边人,深谙此中多艰辛。
别过再往界碑看,月冷哨位风扯云。
与君曾把家话诉,芳华虽逝亦青春。
泱泱大国赖柱石,笑指峰头日一轮。

2018年8月16日锡林郭勒

北疆秋思

登高向远伫边关,风逐草色临翠烟。
无意寄书云锦来,有心追忆诗独眠。
快马加鞭忙当下,何须回眸叶黄泛。
一生只为家国累,且将心事托归雁。

2018年8月17日锡林浩特

无 题

忙中不觉秋意深,夜卧听风凉三分。
不是盆树又落叶,哪知塞外征几巡。

2018 年 8 月 18 日锡林浩特

夜雨送凉

淡淡纤云隐墨迹,稍稍轻寒趁夜起。
欲知径里秋多少,待问叶尖露几滴。

2018 年 8 月 19 日呼和浩特

致七夕（三首）

原上八月秋色澄，恰遇七夕边关行。
接天芳草碧若缎，卧看牵牛织女逢。

盈盈一河悬碧宵，暗渡两星会鹊桥。
莫问三秋隔几许，明月四季在柳梢。

昨夜星辰昨夜风，孰料落笔扰君梦。
深谢众亲点赞意，揖托红霞早安送。

2018年8月24日锡林郭勒

遣 怀

曾因年少轻狂
总是向往远方
等到阅尽山水
留取半厥诗行

也曾惜别故乡
追逐异域风光
终须东篱采菊
归寂悠然北望

惯看云游八方
熟视花凋四荒
经年宛若涓溪
光阴如流徜徉

人生注定匆忙

怎会虚度一场

只要心态够好

回眸天地溢芳

2018 年 8 月 25 日呼和浩特

如意河

溪发黄花川，逐浪青城边。
随山转又去，坝远回声喧。

2018 年 8 月 29 日呼和浩特

秋　雨

秋草萋萋秋叶红，秋波脉脉秋水平。
秋野缱绻秋色聚，秋风过处秋整容。

2018 年 9 月 1 日呼和浩特

池　塘

潭空水冷云悠悠，梦枕江南影清瘦。
月移荷底引鱼来，步挪临池独品秋。

2018 年 9 月 4 日呼和浩特

秋　叶

又闻戚戚归雁声，塞上九月秋意浓。
昨宵向去花月在，晓看枝叶片片红。

2018 年 9 月 7 日呼和浩特

秋　林

莫向落叶思往事，待挽东风一日还。
若有梦笔藏于心，岁月从不败华年。

2018 年 9 月 12 日呼和浩特

盆 树

终日忙碌少问津,弹指送走夏和春。
闲来偶把叶间看,秋上枝头已三分。

2018 年 9 月 14 日呼和浩特

秋 吟

秋野苍茫秋枫红,秋雨一夜秋水平。
秋上心头凝作愁,秋落篱下秋思成。
怀远路遥不能至,草枯木黄怨秋风。
伤景哪得闲工夫?闻鸡起舞度平生。

2018 年 9 月 22 日呼和浩特

秋　分

一年最美当此时，两半阴阳恰今日。
三分闲心数落叶，四季果香留唇齿。
林下暖阳照秋水，桥上云影弄风姿。
念旧不须登高处，觅新看荷句满池。

2018 年 9 月 23 日呼和浩特

盆　栽

大叶荆芥接茬发，小葱岂让韭菜花？
谁道地偏家味淡，闲伺田园笑哈哈。

2018 年 9 月 16 日呼和浩特

耕读偶得

每从远方觅佳趣,偏憾回味一丝无。
欲问持家何所寄?半室书香半畦蔬。

2018 年 9 月 29 日呼和浩特

登大青山

山抹微云晴空碧,衰草沾霜人添衣。
拾阶攀高寻佳景,向阳峰巅品秋意。

2018 年 10 月 3 日呼和浩特

胡杨印象

层层叠叠水抹霞,黄黄绿绿沙作画。
曲曲弯弯风弄姿,袅袅娜娜韵无涯。

2018 年 10 月 5 日阿拉善

鸟儿问答

北出燕塞没觉偏,南来惯无烟雨喧。
忽冷忽热何所计,松傲巍然阴山巅。
不曾停歇谁最苦,枕戈待旦方能安。
久峦沙场君莫怨,厉兵秣马大义担。

2018 年 10 月 6 日呼和浩特

冬临塞外

晓起乍觉凛冽
唤醒沉睡寒冬
忽如一夜清凉
刮去秋的浅梦

树叶随处飘落
透着去意匆匆
蓬草渐次消瘦
撒满一地倦容

霜悄悄地来临
承载季节沉重
望断塞北旷野
遥想来年青葱

心静静地安放

忘掉姹紫嫣红

裹紧单薄戎装

策马万里雪空

2018 年 10 月 10 日呼和浩特

大漠湖泊

云淡风轻波涟涟，沙海微澜信手牵。
红柳腾浪化妙笔，水墨奇观绘戈滩。

2018 年 10 月 11 日阿拉善

致蒙古高原

漠漠轻寒万里遥
看不够高空之上
羊群般的洁白云朵
习习清风千重浪
数不尽草原深处
神灵般的奔腾马匹
我眷恋这辽阔大地
眷恋她湖泊河流
眷恋她璀璨四季

绵绵不绝牧曲美
听不够马背之上
天籁般的豪放真谛
生生不息根连根

品不尽沙海深处

侠骨般的红柳底细

我讴歌这壮美大地

讴歌她沙漠良田

讴歌她亘古神奇

2018年10月13日呼和浩特

秋遇随吟

草入十月渐苍黄,风过午后始觉凉。
叶梦花事闲云散,徘徊枫前相思长。

2018年10月14日呼和浩特

重阳有感

塞外今又九九日,搅我心底重重思。
双亲年迈少陪伴,浓浓愧意孰与知。

2018 年 10 月 17 日呼和浩特

石 吟

题记:偶淘一泰山石,纹似翔龙在天或江河入渊之势,不知像否?遂吟之。

云天吞吐万仞巅,心海出没千宇寰。
久伴忘却身是客,留取豪气镇边关。

2018 年 10 月 18 日呼和浩特

周　末

清　风潇潇夜雨歇，
闲　听沙沙阶前叶。
安　得心无半点烦，
乐　学勤思好时节。

2018 年 10 月 20 日呼和浩特

寒秋走军营

谁言西风独自凉，半树叶离遍地觞。
常惦那方戍边事，暗把此地作故乡。

2018 年 10 月 26 日阿拉善

戈壁石鸟

谁孵楚楚黄鹂身,沙海守望作知音。
不羡候鸟争春色,耐得岁寒赤子心。

2018 年 10 月 27 日阿拉善

鹧鸪天·连日走基层

哪有哨卡哪是家,一腔赤诚倾天涯。
风餐最怕沙尘虐,露宿尤惮夜霜下。
心渐近,勤问答,返营指看日西斜。
明月影里相思叙,边关牵着你我他。

2018 年 10 月 29 日乌海

人在征途

寒来暑往踏雄关,沙海涟漪萦心田。
红柳挥鞭逐鹿忙,白云化骑谈笑闲。
男儿矢志竞风流,固我边防守家园。
促膝问计为哪宗?蓄势布局谱新篇。

2018 年 10 月 30 日鄂尔多斯

过万家寨

远上寒山尽曲径,渐临谷底水轰鸣。
万家寨里纳万福,一湖一坝贯晋蒙。

于 2018 年 10 月 31 日鄂尔多斯

冬雨敲窗

空枝衔露树生凉,谁入黄昏谁又忙。
最是冷冷晚来风,掠尽困顿犹觉爽。

2018 年 11 月 2 日呼和浩特

雨后小令

哪堪夜雨挟风舞,一任散落缤纷去。
空余残枝徒结怨,待抱雪眠春复出。

2018 年 11 月 3 日呼和浩特

立冬日随吟

秋去秋远秋仍行,冬来冬近冬从容。

风醉叶堆树影瘦,云坠菊丛霜枝重。

天气上扬雪将至,地温下沉水始冰。

肯信塞外寒讯早,忙余偶煨热茶中。

2018年11月6日呼和浩特

无 题

戍边岁月太匆匆,出塞看雪已三冬。

初心未改日夜忙,小憩觅句图轻松。

2018年11月7日呼和浩特

塞北初冬

从北方向着北方出发
从告别的地方告别
季节总抢先一步抵达
原本与秋结伴而行
走着走着就被抛下了
还托凛冽的风捎信
倘若再不赶上来的话
可就要洒下雪花了

从北方向着北方出发
从告别的地方告别
为不错失美妙的邂逅
原本与秋结伴而行
走着走着就踏进了冬
看凛冽的云团堆积
倘若再不赶回去的话
可就真要遇上雪了

从北方走向遥远北方
从告别的地方告别
多少雪在悄悄地出发
是否专等远行的人
有些离别注定要经历
收藏起内心的不舍
继续向遥远前方出发
没忘给秋道声珍重

从北方走向遥远北方
从告别的地方告别
多少人在默默地跋涉
是否专为前方的雪
有些相逢注定要经历
激荡起内心的挚热
继续向遥远前方出发
没忘给冬带去问候

2018年11月8日鄂尔多斯

定风波·忙余拾趣

　　习听潺潺流水声,惯看绿植攀爬行。兴至堆字梦作马,谁知?一纸碎语记行程。

　　料峭寒气唤冬醒,微冷,帘外暖阳却逢迎。低头向书恍惚处,思浓,也有烟雨也有亭。

2018 年 11 月 14 日呼和浩特

开卷偶感

　　书海墨香润古今,功名烟波自浮沉。
　　苏辛辞章品未旧,李杜诗句赏仍新。
　　文心雕龙吐清泉,卷外游手吞浊音。
　　常向圣贤思修齐,莫从糟粕损故人。

2018 年 11 月 18 日呼和浩特

致盆栽荆芥

小畦芽菜发不停,几番采撷又泛青。
数日未回长势旺,向阳嫩叶自葱茏。

2018 年 11 月 20 日呼和浩特

致彩排战友

隆冬时节担重任,披星戴月辞困顿。
听令景从葆本色,重返舞台绽初心。
芳华筑梦军中事,琴瑟入耳醉十分。
流莺婉转风采在,青春放歌奏强音。

2018 年 11 月 28 日呼和浩特

冬日随笔

无论喜不喜欢
冬天终究要来
在岁月画卷中
填补浓重冷色

无论记不记得
春有草的柔软
夏有火般炙情
秋有果实诱惑

那么冬有什么
比如凛冽长风
比如漆黑长夜
比如冰封长路

那么不妨尝试

风中踏雪寻梅

夜里灯下开卷

炉旁煮茶怀旧

联想人生四季

何尝不是如此

春萌夏躁秋烦

唯冬大美恬静

2018 年 11 月 22 日呼和浩特

观鱼凑句

假泉山上山泉假,清水塘里塘水清。

绿草溪下溪草绿,新鱼缸内缸鱼新。

2018 年 11 月 24 日呼和浩特

小雪夜,青城无雪

我伫立窗前想象着
你信使般的飘落
却不见一丝儿踪影

我独坐灯下揣摩着
你梨花般的颜值
却不留一瓣儿字眼

在塞北的小雪之夜
你隐身长路那端
却不睬一份儿期盼

在浩瀚的大漠深处
你是否翩翩起舞
却不惜一地儿撒欢

2018 年 11 月 26 日呼和浩特

致戍边岁月

结下兵缘托终生，一袭戎装伴梦行。
边关冷月缺几回，且问长路与短亭。
踏破千山涉万水，铁马冰河笑语迎。
青丝白发弹指间，欲说却休谁人懂。

2018 年 12 月 5 日呼和浩特

闲冬纪事

才侍盆树叠新枝，暂忘隔城峰雪时。
出门轻入冬深处，却惊寒鸥啄暖日。

2018 年 12 月 7 日呼和浩特

写给冬日庭院里的松

在少树而多风的辽阔塞北,漫长冬季里聊以养眼的也就是松树了。即使万物凋敝,它依旧不改昔日的翠绿,傲寒挺立着。它虽不高大却很坚韧,给冬日的庭院平添些许生机。若是遇见飘雪的日子,枝丫间苍翠欲滴,那雪压青松挺且直的风姿,煞是楚楚动人……

松树的绿是饱经风霜、深谙世事的绿,是那种甘于沉默却富有力量的绿,是那种惯于深刻而傲视酷寒的绿。在漫长冬日的院子里,能望到这样一棵、一片松树,是很奢侈的事,更是幸运而幸福的事。由于它陪我一年年安静地过冬,于是我每天忍不住要来看一看它。所以,时常在院里松林下走一走,就不能不对它产生了越来越深厚的敬佩眷顾之情,就随手记下这零碎的影象吧。

也许它没有名山中迎客松的那种秀美,但在这漫长冬季的萧瑟里,却反倒更衬出它守望初心、大美无比的壮美,更像一首首温暖的诗篇,每每读来韵味深长、令人神往……

2018 年 12 月 8 日呼和浩特

绿植吟

暖阳洒落处,枝繁催叶茂。
御烦不生嗔,幽窗遣寂廖。

2018 年 12 月 11 日呼和浩特

久晴未雪

向空策马凌霄霭,谁舞寒枝独徘徊。
忙余煮茶品过往,新人旧事萦襟怀。
流光泼墨镌壁画,岁月阑珊任剪裁。
隔川云去如相问,望断晴冬等雪来。

2018 年 12 月 12 日呼和浩特

青城无雪

题记:入冬后气温骤降,空气干冷,总盼一场雪——

(一)

远看敕勒川有色,近听如意河无声。
夜梦南国飞绒花,晓起北疆蓄厚冰。

(二)

去年今日此园中,雪吻腊梅相映红。
遍寻不知何处栖,空枝依旧抖寒风。

2018 年 12 月 15 日呼和浩特

定风波·途中

卧听铁轨铿锵声,何妨假寐且徐行。青葱年少从戎后,谁知?一蓑烟雨披半生。

料峭寒风吹梦醒,微冷,阴山斜照又疏星。探首向去萦怀处,归去,可有风雪可有晴。

2018 年 12 月 16 日赴西安途中

回乡吟

当年恰青春,而今霜染鬓。
岭外数十载,叙旧谝乡音。
闲话边塞曲,谛透没几人。
相逢情何怯,吾乃汝辈邻。

2018 年 12 月 17 日南阳西峡

致出塞的昭君

别让无雪的冬天

雾霾了心境

阳光普照旷野

薄寒渐渐消褪

是谁说过

只要牵挂着远方

就会邂逅最美风光

月牙仍在如意河冻结

星云也隐匿于大青山背后

一遍遍煮沸雪山之水

看新茶沉了又浮

世间事冷暖自知

却时常逃不脱离分聚合

时间能磨平一切旧怨

自然也能堆积更多的新愁

想象当初漫漫出塞路上
年青貌美的昭君妹子
一个人被连绵的群山簇拥
心中该承载多少忧思
望断过几多云中归雁
圆一个梦需付出一生
千年的暮鼓晨钟啊
至今还响彻大召寺上空
来的注定会留下
去的将凝成永恒记忆
却给后来者美美地憧憬
隔一袭塞北的阳光
静静遐想那时的情形
即便岁月已无情疏远
但依然看得清时光彼岸
且于无声处留白
追逐那队奔腾的万马而去

2018年12月19日呼和浩特

"两会"纪事

忙中不觉已冬深，共商国是话题新。
岁月不居撸袖干，时节如流再飞奔。

2019 年 1 月 19 日呼和浩特

途中填《谢池春》一首

隆冬岁尽，寒气落，三九后。站台萦背影，车轮碾不休。余晖晃远树，炊烟遮近丘。再启程，又暮昼。其中滋味，真个浓如酒。

频敛眺眼，空只恁、眸眸收。不见又思量，见了更怅惘。为问重逢时，何日长相守？天欲雪，风如诉。且将牵挂，托付春前柳。

2018 年 1 月 24 日归队途中

晨走偶作联句

十年河东十年河西,
莫放年华空虚度。
一脚门里一脚门外,
可知脚步须留神。

岁月若白驹过隙转瞬即逝,
莫待低首拘小节。
人生如鸿雁留痕声名鹊起,
不妨放眼向大道。

2019 年 1 月 25 日南阳西峡

张灯结彩

忽如一夜花千树,满城弄巷年味足。
星河也知其间意,遥寄阑珊倾万福。

2019 年 1 月 27 日呼和浩特

置身"两会"

研学报告聚力量,畅所欲言审议忙。
一年一度群英汇,续写施政新篇章。

2019 年 1 月 28 日呼和浩特

京城除夕

今宵今岁人不眠,明朝明年福满园。
冬随旧桃一夜去,春拥新历三更还。

2019 年 2 月 5 日北京

踏莎行·塞外春迟

日温岭东,梅绽江南,时入新岁寒依然。隔窗拭目觅芳踪,杨柳瑟瑟冻河岸。
敕勒冬早,青城春晚,闭户关门才觉暖。远客若问塞外事,待到夏秋耐人看。

2019 年 2 月 10 日呼和浩特

晨起偶感

岁月如流后浪催,过往旧事前人追。
旭日冉冉东升时,记否曾照暮云归。

2019 年 2 月 11 日呼和浩特

忙余随吟

生死系于呼吸间,知迷返悟赖一念。
爱恨情仇幻无常,千古风云付笑谈。
彼此善解灵犀通,天高地阔心相连。
万事缘自轮回出,尘埃落定复翩跹。

2019 年 2 月 13 日呼和浩特

如梦令·雪后

兴起踏雪觅趣,沉醉忘却归处。追拍栖枝鸟,却惊琼花满树。打住,打住,奈何太阳欲出?

2019 年 2 月 14 日呼和浩特

晚来听雪

暮云闲过雪飞扬,兀自忙碌偏对窗。
久钻纸堆趣味短,汲水才知春意长。

2019 年 2 月 19 日呼和浩特

手机时代

万事尽在一指间,是非真伪两难辨。
心隔天涯勤视频,人在咫尺懒挂线。
倘若碰巧忘携带,怅然若失魂魄散。
总忆往昔动情处,鸿雁传书翘首盼。

2019 年 2 月 25 日呼和浩特

新苗泛绿

大地回暖叶婆娑,方寸向阳自蓬勃。
揽风澄怀醉春处,片片不关云和月。

2019 年 2 月 26 日呼和浩特

元宵晨兴(二首)

(一)

今宵万家同欢度,火树银花,五彩溢征途。祈福纳祥向天诉,国泰民安胜无数。　瑞雪清风二月暮,雨逢上元,张灯春雪路。塞外情倾砺剑处,闻鸡起舞擂战鼓。

(二)

绵延不绝大青山,皑皑枕梦,寒韵透欣然。大召鼓瑟出楼兰,如意河床醒微澜。　元宵雪雨携手还,能不丰年?肥美敕勒川。壮哉北疆风景线,纵横驰骋马蹄欢。

2019年2月27日呼和浩特

定风波·塞外三月

爱听潺潺流水声,眷顾东河吟诗行。敕勒川下嘶奔马,谁唱?一曲鸿雁伤长空。

料峭春风摇树醒,不冷,城头斜照拽风筝。抬眼向远云天外,嗟乎!追梦路上步未停。

2019 年 3 月 2 日呼和浩特

致"女神节"

三月春风惹人醉,八方芬芳为卿开。
朋友圈里送祝福,乐靥如花花如你。

2019 年 3 月 8 日呼和浩特

浪淘沙令·晨雨

塞外雨点点,春光无限。远山苍茫雾满园。径里恍惚江南客,半刻贪欢。

独自耐衾寒,枝头鸟占,旭日破云复遮颜。一轮玉盘逊月色,疑为晚间。

2019年3月9日呼和浩特

三月雨雪

新雨霏霏时序追,冬雪忽至凝翠微。
醒起偶把城池看,茫茫朔气沁心扉。
远眺西岭素颜出,旷野千里白絮飞。
着意东河横柳笛,长调一曲唤春回。

2013年3月10日呼和浩特

雨雪初晴

园内风景雨来佳,更喜踏雪赏冰花。
孰知转瞬日晴和,回看旧书吃新茶。

      2019 年 3 月 11 日呼和浩特

春日杂兴

向阳新卉吐芬芳,临溪老柳一夜长。
谁家窗前植仙葩,直惹早起鸟儿忙。

      2019 年 3 月 15 日呼和浩特

虚度周末

终日碌碌琐事间,窃得半晌欲登山。
因过桥头嫌风大,折回斗室捧书看。

2019 年 3 月 17 日呼和浩特

无 题

塞外三月始新春,寒柳沁黄半未匀。
但等坝上草若缎,策马盛邀看花人。

2019 年 3 月 20 日呼和浩特

春临青城

四月晴和人不闲,万物引颈迎春还。
拂堤新柳醉东河,灼灼桃花闹西山。

2019 年 3 月 24 日呼和浩特

盆植蔬菜

芽在畦中长,叶随暖阳新。
撒下数粒籽,还我满池春。
闲观散幽芳,忙余更清心。
何来三两蝶,隔窗探殷勤。

2019 年 3 月 25 日呼和浩特

把春留住

春风春暖春日长,春山春水春荡漾。
春鸟春枝春意闹,春花春草春芬芳。
春燕春鸽春满园,春鸭春鹅春池涨。
春雨春雪春景美,春桃春杏春海棠。
春蜂春蝶春影随,春烟春茶春味藏。
春曲春吟春朦胧,春牛春耕春播忙。
春困春懒春匆去,春惜春珍春易伤。
春词春句春情浓,春色春韵绘春光。

2019年3月29日呼和浩特

致迟到的春天

我在风中,等你
等你,在塞北青城
我,在风中等你
等你在塞北青城
三月即将挥袖
四月脚步匆匆

一树树待绽的蓓蕾,未醒
如婴儿般,睡意惺忪
你来不来,其实一样
分明感觉,枝丫间
每粒都是,你的模样
尤其隔着晨曦,隔着风

我站在草原望北京
一曲天籁漫过耳际

心头窜出,久违的诗句——
等你,在时间之外
在时间之外,等你
在刹那,在永恒

如果你正贪恋于水墨江南
此刻,也该策马北上
因为,有人等你在冽冽风中
在遥远遥远的边城,企盼着
你扑鼻的清芬
越来越香,越来越重

是呀,春来也
本该马蹄声脆,草色青青
这时节,许多人下了扬州
那杨柳岸,人流如织
摇橹忘返在碧波柳丝轻舟中
这时节,你却迟迟未来

我苦苦等你,在风中

在冽冽风中,苦等

尤其还隔着晨曦,隔着风

戍边的人在塞北,在青城

三月,即将挥袖

四月,脚步匆匆

2019 年 4 月 4 日呼和浩特

集训归吟

丝丝杨柳趁风舞,点点梨花伴好雨。
佳景曾谙无暇记,深学细思砺剑苦。
研习一周拭目看,践诺几何谁作主。
燕赵归来虚行否,西柏坡前卷早出。

2019 年 4 月 13 日石家庄

踏 春

旷野无处不飞花,芽嫩蕾红柳丝斜。
千树万株疑是雪,百卉争媚到我家。

     2019 年 4 月 17 日呼和浩特

赴赤峰途中

川甸茵茵草木深,丘缎茸茸好雨频。
辞别兴安东南去,红山碧柳净风尘。

       2019 年 4 月 18 日赤峰

题盆中荆芥

谁言畦浅土质差,催生新绿一茬茬。
长成不忍盘中取,赋闲三顾如看花。

后记:从不经意地埋下种子,到顶开土层并冒出第一抹绿色,再到婷婷玉立碧翠如盖,悄悄然长成了一池池葱茏诱人的样子,却是塞外独处那刻思念田园时长情的陪伴,生命之间原本就是如此简单、神奇和美好……

2019 年 4 月 20 日呼和浩特

清平乐·园中景

塞外雨少,离离原上草。正是百花媲妖娆,朵朵怒放朵朵好。

晓起院中轻步,凭远目断晴宇。最喜小鸟啼枝,秒呼把春留住。

2019 年 4 月 24 日呼和浩特

午后踏青

最是四月恼人处,芳草迷径花弄树。
渐行渐觉景致好,绿帘掀罢揭翠幕。
敕勒川西春山妙,如意河东堤柳酷。
繁华竞逐今昔事,归去来兮空嗟乎?

2019 年 4 月 27 日呼和浩特

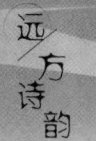

春天呓语

昨晚一场春雨来袭。林花谢了春红,太匆匆。早上醒来走走林间小径、想想如烟过往,偶尔拍下路旁风景、再配几行蹩脚文字分享朋友圈,才心安理得地开启忙碌的一天。

很久以来,总觉着春天太短暂了。刚刚擦肩而过,转身却是一年。天地之间最好的情怀,莫过于你知我的喜怒哀乐,我懂你的悲欢离合。因为懂得,所以难舍。春天是很多人的美妙记忆,会用各种各样的方式来礼赞她、歌颂她、描绘她、拍摄她,就为能够留住她。那些春的诗句、春的音符、春的色彩、春的印象,汇聚一起就成了这句话——春天真好!

是啊,春天真好!在雨后的院落里走走看看,忍不住停下脚步,想留几句送给春天的呓语。群鸟雀跃,垂柳若瀑,远山如黛,近树含烟,姹紫嫣红,松针滴露,这难道不是春日里最惬意的时刻吗?恍惚间,竟不知身在何处。来北方生活已很多年,依然难忘南国那一蓑蓑烟雨、一帘帘湿雾，若遇桃花杏花油菜花渐次盛开，伴随阵阵微风徐吹，片片花瓣散落于潺潺流水之上，且有三五只蜜蜂或者蝴蝶忘情追逐，想像着白鹭亮翅、鳜鱼游弋、祥云缭绕、蜿蜒东去，那份湿漉漉、甜腻腻的宁静喜乐油然而生，身心仿佛也融化其中了。

回到此刻，眺望万里北疆，不由愈发沉醉于这边塞之外豪放、磅礴、深远、辽阔的旷野之春了，就像顾城所言，草在结它的种子，风在摇它的叶子。我们站着，不说话，就十分美好。置身于雨后春天，无论心归哪里，纵有三千烦恼不如拈花一笑，就算心比天高怎敌琴瑟逍遥？因为没有谁的一生，会永远留在春天。总有一些酷热严寒在前方等候，总有一些困难艰辛需承担经受。只要每天睁开眼可以笑对阳光，便是生命所赐的快乐幸福。深深浅浅人生路，简简单单随心行。内心宁静才处世不惊，想法简单便逍遥自在。

昨晚一场春雨来袭，林花谢了春红，太匆匆。在雨后晨光里，继续走起……

2019 年 4 月 28 日呼和浩特

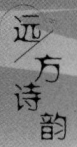

浣溪沙·纪事

柔茵藉地岁岁芳,百卉争枝十里香。
即便凋零又何妨。
贪忙消得椎疾重,偷闲追景颈自仰。
临风澄怀一扫光

2019 年 4 月 29 日呼和浩特

根河行

南已入夏北方春,峰东岭西万木伸。
时阴时晴蜿蜒行,忽冷忽热正可人。
云歇新枝催芳菲,雪融陈冰鸣泉音。
纵目逶迤大兴安,迟来水墨洒层林。

2019 年 5 月 7 日呼伦贝尔

穿越兴安岭

点点林花艳似火，溶溶川溪映碧空。
晨打石门岩下过，晚看杜鹃坡上影。
闲云悠悠出倦鸟，弯月冉冉入浅梦。
翻山越壑踏坎坷，一日揽尽两季风。

2019 年 5 月 9 日兴安岭林区

兴安山中行

山中未雪桦林白，层棘怜取花盛开。
不必等闲且远行，旷达觅得新句来。

2019 年 5 月 14 日兴安岭途中

赴宁城途中

绿荫幽草枝间芳,暖日清泉石上淌。
风逐鸟喧新雨后,驱车驰原心飞扬。

2019 年 5 月 15 日赤峰

空中鸟瞰

万里江山总关情,放眼北疆掠沙影。
千年寂寞谁唱和,最是芳草舞春风。

于 2019 年 5 月 18 日返回青城途中

营院一角

晓去林静藏鸟音,晚来风柔牵衣襟。
边城居久篷莱地,天高云低醉我心。

2019年5月23日呼和浩特

周末偶感

总忙浮名累此身,得闲才与书为邻。
星辰夜夜空中渡,朗月溶溶照古今。

2019年5月26日呼和浩特

五月三十一

（一）

每天的奢望就是
还能爱喜欢的人
继续做喜欢的事
期待未知的未来
遇到如初的遇见
愿一直拥有这些
有事做，有人爱
有梦想，有坚持
因为这样挺充实
洋溢着幸福模样
风儿，徐徐地吹
草叶，静静地绿
飞鸟，啄碎闲云
幽径投射下背影
夏天正依依送别

（二）

每天的愿望就是
还能爱喜欢的人
继续做喜欢的事
期待未知的未来
遇到如初的遇见
一直都拥有这些
有事做，有人爱
有梦想，有坚持
因为这样挺快乐
保持住幸福模样
风儿，徐徐的吹
草叶，静静的绿
飞鸟，衔着云朵
长路拉长了清影
夏天正拥抱恋人

2019年5月31日呼和浩特

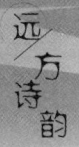

一剪梅·塞外之夏

一派暑气待霖浇。陌上荫少,岭上云烧。泽乡偏有梅雨吵,风亦袅袅,雨亦潇潇。

何时出塞洗战袍?卫国心高,戍边志遥。岁月不曾把人抛,老了朱颜,赢了欢笑。

2019 年 6 月 1 日乌兰浩特

雨后夏果

青青枝上实,累累叶间果。
雨袭芳韵在,悠然自丰硕。

2019 年 6 月 2 日呼和浩特

北方情怀

骏马奔驰,鸿雁往来。
穹下云飞,原上花开。
羊群车流撒欢跑,
毡房新城一排排。
啊,内蒙古呀内蒙古,
天宽地阔的内蒙古,
壮美北疆多么豪迈。

千年胡杨,万顷林海。
弯弯河套,绵绵山脉。
军民携手建家园,
守望相助一代代。
啊,内蒙古呀内蒙古,
草青水绿的内蒙古,
亮丽北国崭露风采。

2019年6月3日乌兰浩特

塞北降小雨

忽倏款款到牧家,绕篱默默滋旱芽。
遥看陌草始泛青,近曳柳烟逗夏花。
垂帘无语听真切,隔窗有声叶沙沙。
好雨知时出芦荻,衔来琼露催奇葩。

2019 年 6 月 12 日呼和浩特

夏日即兴

绿到翠处暑正浓,晚来兴起叩幽径。
云梦懒栖风枝上,鸟喧忙收躞步轻。
最是七月艳阳天,流年追日转头空。
莫负蹉跎行致远,诗心作伴戍边城。

2019 年 7 月 6 日呼和浩特

江城子·雨后黄昏

青城风细弄雨柔。一时休。暮云收。犹记闲庭,忙余健步走。碧树如洗鸟声啾,往来也,晚露稠。

韶华惜为远旅留。思悠悠。人登楼。残月掌灯时候、放眼瞅。共谁咨嗟戍边事,道不尽,壮志酬?

2019 年 7 月 12 日呼和浩特

晨雨淅沥

梦里暑消倍清新,扁舟一叶月半轮。
醒知潇潇窗前雨,多情款款洗风尘。

2019 年 7 月 14 日呼和浩特

感 怀

塞北雨,留不住。

夜半来,天亮去。

来如奔马刹那时,

去似乱云飞渡处。

2019 年 7 月 16 日呼和浩特

鹧鸪天·盆景

兰隐深山玉名出,鸟潜层林声可扶。

一日定居安乐窝,怅然若失为何故?

人寂寂,云无语。灵峰飞龙看恍惚。

丘壑在胸壮襟怀,放眼洞天品野趣。

2019 年 7 月 17 日呼和浩特

采桑子·岁月

时光恰如原上草,行远还生。长路无踪,唤取春衫揽秋景。

信缰策马书休寄,戴月披星,风尘掳尽,可否登高歌一声?

2019 年 7 月 21 日锡林郭勒

斗室一角

雨频夏浓树掩窗,枝繁叶茂花蕊香。
驱暑不须摇蒲扇,开卷泡茶读清凉。

2019 年 7 月 23 日锡林浩特

晨走即兴

清风一夜窗无尘,掠尽半榻困倦身。
健步向远且陶陶,寻幽拾翠捉闲云。

2019 年 7 月 25 日锡林浩特

清平乐·青城之夏

一湾东河,最是喷泉好。九宵夜幕笼芳草,更有奔马啸啸。

广场纳凉沸鼎,歌舞环抱彩虹。回眸凉亭丝柳,东风醉了边城。

2019 年 7 月 27 日呼和浩特

歌唱内蒙古

遥望祖国正北方

好一道亮丽风景线

放眼壮美内蒙古

昂首阔步新时代

绿色植被是你的宝藏

红色传统是你的承载

胡杨簇拥出一块块绿洲

驼峰移走了一方方沙海

啊，内蒙古！共圆伟大中国梦

我们携手奔向美好未来

扎根祖国正北方

守一道亮丽风景线

建设壮美内蒙古

砥砺奋进新时代

民族团结是你的基因

模范自治是你的情怀

丝绸之路开辟草原通道

万里茶道堪称世纪动脉

啊，内蒙古！共圆伟大中国梦

我们同心迈向世界舞台

2019 年 7 月 31 日呼和浩特

"八一"抒怀

满目叠翠时方好，草色匀铺渐欲迷。
总把兵营作长城，铮铮铁骨透真谛。
几度金戈镌春秋，一往情深戍边地。
军中八月谁最俏？猎猎长风擎战旗！

2019 年 8 月 1 日呼和浩特

今又七夕

弯月高悬云雾漫,疑似银河垂爱怨。
迢迢牵牛会织女,胜却瑶池群英宴。
凉夜暗渡分别处,金风玉露相逢甜。
人间乞巧伤无数,忍顾鹊桥又一年。

2019 年 8 月 6 日呼和浩特

立秋即兴

云天收暑空悠悠,醒觉新凉风报秋。
此去池塘觅荷影,携入诗句赋闲愁。

2019 年 8 月 8 日呼和浩特

踏莎行·夜雨

薄雾浓云，小径湿遍。远山树色阴阴见。秋水不解戍边客，蹉跎雷霆闹夜半。

枕里韶华，楼台流年，羁旅漫漫不复转。一场大梦乍醒时，夏花无香逝庭院。

2019 年 8 月 9 日呼和浩特

感时匆匆

秋林枝颤惊雏鸟，夏圃一夜芳蕊少。
转眼菊香吐霜色，惹我心底生寂寥。

2019 年 8 月 14 日呼和浩特

晨走拾韵

谁遣满城柳丝斜,湿雾淡抹水中花。
游人曳步舞清闲,我趁晴晓观风雅。
塞上八月大写意,妙手一挥工笔画。
秋色宜人草青青,遍撒诗兴向天涯。

2019 年 8 月 18 日呼和浩特

渔歌子·偶遇

大青山前白云飞,小鸟低回秋滋味。
连理果,累累硕,凭风鸣林不思归。

2019 年 8 月 21 日呼和浩特

醒来偶题

月出浅梦萧萧影,抱衾闻说别离声。
风入深秋那堪记,一枕相思待开封。

2019 年 8 月 24 日呼和浩特

秋　雨

风携柔雨洒青城,露荷弥香熏池影。
雾断不知秋去处,幽凉细细叶语声。

2019 年 8 月 25 日呼和浩特

沁园春·塞外吟

　　云逐清秋，挥袖北去，敕勒川幽。看万株红柳，沙海尽染；百草碧透，旷野风流。马群长驱，雁翔穹底，驼铃阵阵孤烟收。怅寥廓，品长河落日，足以排忧！

　　有幸遣此把守，掀过往戍边岁月稠。逢乾坤盛世，励精图治；稳陲固疆，相望相助。几度风雨，几度春秋，不念小我壮志酬。犹记否，到中流击水，天边逐鹿？

2019 年 8 月 26 日呼和浩特

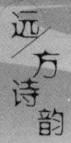

鹧鸪天·塞外

东河微澜寒波生,西山流云碧长空。
疾风劲草酬等闲,星月岁岁照孤城。
初心在,步从容。戍边卫疆过夏冬。
留却芳华塑平安,待到鞍歇醉一盅。

2019 年 8 月 26 日呼和浩特

再赋秋词

逢秋何须悲寂寥,塞上秋日胜春朝。
绿茵万里接天际,直引羊群上碧霄。

2019 年 8 月 27 日锡林郭勒

北疆行吟

谁道闲情空惆怅,万里征程万里殇。
客路深深青山外,初心笃笃春水长。
才嗅夏花疏秋草,斗罢酷暑战寒霜。
从戎当解家国忧,挥鞭吟诗豪气漾。

2019年8月28日呼和浩特

题盆中荆芥

因陋就简试播种,殷勤唤得春梦醒。
莫道旧枝不耐掐,一畦新绿次第涌。

2019年8月31日呼和浩特

远方诗韵

壮美北疆

一方大草原四季飘牧歌
一排胡杨树风韵很独特
一群蒙古马坚韧又执着
一阵驼铃声追赶你我他

一片原始林兴安耸巍峨
一弯黄河水气势更磅礴
一条古茶道连接中蒙俄
一座航天城名扬大沙漠

壮美北疆,敞开胸廓
多少奇迹,飞出心窝
新的时代,新的跋涉
各族儿女携手把希望撒播

壮美北疆，奋勇拼搏
精彩故事，尽情述说
伟大复兴，伟大中国
华夏子孙并肩把未来开拓

2019年9月1日呼和浩特

雨歇青城

昨夜雨疏湿幽径，叶草蘸露阶前倾。
云天滴滴漏夏韵，风枝悄悄织秋声。

2019年9月3日呼和浩特

草原恋歌

花儿绽放你的芬芳
草儿舞动你的舒展
骏马爱恋你的辽阔
牛羊回馈你的香甜
我是你额头的星辰哟
时刻眷顾着你
为了你安祥的笑靥
纵使跨越万代千年

云儿衬托你的美丽
雨水滋润你的容颜
雄鹰诠释你的无垠
鸿雁读懂你的遥远
我是你勇敢的孩子啊
永远守护着你

为了你幸福的模样

纵使踏平千难万险

2019年9月5日呼和浩特

阴雨绵绵

西山厚云笼边城,东河薄雾入秋镜。

敕勒川下连阴雨,误把蓬草作芦影。

2019年9月11日呼和浩特

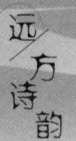

秋天的早晨

云天收夏色，木叶动秋声。一叶落而知天下秋。清晨起来，一个人独步于幽径，看一看澄净似海的天空，听一听白鸽的飞声，想一想尘封的往事，偶尔也停下脚步，匆匆记录下这刹那而生的点滴诗意。

仰头间，就在枝头微微颤动、落叶擦肩而过的那一刻，你会突然觉得秋天来了。

塞外的秋，总是来得要早一些，她总是静悄悄地蹑手蹑脚而来。当你还深深陶醉于鸟语花香、清爽宜人的夏日之时，扑面而来的阵阵柔风，不知从什么时候开始，竟有了一丝丝儿的凉意。林中鸟儿少了很多，太阳不再灼热，蓝天更加深邃，连脚旁的草丛也似乎溅落着眼泪一般的晶莹露水珠儿了。于是，旷野之内随处便透着股苍凉悲壮的气息，在远山之巅甚至能捕捉到冬的踪影。

人在旅途，不问四季。春去夏走，早已释怀。只要向往着、忙碌着，心底就永远充实而快乐。大雁即使南回，春暖还会北往；落叶凋谢繁茂，新芽会还你惊喜。正如林清玄先生说的那样，若能与落叶飞花同呼吸，能保有在自然中谦卑的心情，就是住在最热闹的城市，秋天也不会远去；如果眼里只有手表、金钱、工作，即使在路上被落叶击中，也见不到秋天的美丽。

当新的一天醒来之时，无论在什么地方或什么时候，一切都是如此美好。不妨让自己放慢脚步、放松心情，去和秋天来一场邂逅……

2019年9月12日呼和浩特

中秋祝福

一轮皓月倚边关，两地相思碧霄间，
三军将士戍安宁，四海五洲舞蹁跹，
六祈家家福满门，七祷户户乐团圆，
八方如意九事顺，十全十美盛世欢。

2019年9月13日呼和浩特

晨光秋语

起看繁枝数叶落,草木知秋惹吟哦。
清风一缕谁与共?霞光万里任腾挪。

2019 年 9 月 17 日呼和浩特

感时抒怀

一夜冷雨送秋归,戎马倥偬梦萦回。
边关居久浩气留,风餐露宿初心陪。
旧装诗书闲时好,新叠冗杂忙中催。
寒来暑往人不老,挥斥方遒看吾辈。

2019 月 9 月 20 日呼和浩特

塞外遣怀

执着一念总殷勤,踏实双脚必躬亲。
舍近取远坝上走,时节如流已秋分。
风景绝佳无暇顾,浅草凄迷却逢君。
岁月岂能败芳华,霜天潇潇透春痕。

2019年9月22日锡林浩特

卜算子·再向边关行

并非痴远旅,奔着使命去。草盛草衰自有时,莫赖风和雨。

黄也终须黄,绿仍逢春绿!但待秋色洒满地,疾步霜栖处。

2019年9月23日锡林郭勒

再走边关

去年此月去年风,身往遥远边陲行。
旷野云霞曾记否,深情殷殷系安宁。
星夜拾级探哨卡,嗟余促膝倾心声。
故地跋涉感韶华,屏障永固镌忠诚。

2019 年 9 月 23 日锡林郭勒

采桑子·边陲行

暑气散尽雁南归,夏去秋回。临风凭吹,那地那天那云飞。
这牛这羊这草原,策马漫追。莫道消魂,浓妆淡抹总陶醉。

2019 年 9 月 24 日锡林郭勒

边关归来

雄关万里系苍生,草木一秋忽枯荣。
戎马未歇情怀在,每赴回望总梦萦。
风云诡谲怎肯老,壮心澎湃惜晚晴。
寒暑往复逝如斯,去留无意忙不停。

2019 年 9 月 27 日呼和浩特

天净沙·国祭日

哀恸海角天涯,碧空白云紫霞,泪崩战地黄花。举国同祭,告慰旗展如画。

2019 年 9 月 30 日呼和浩特

寒 露

林饮寒露洒金黄,风入十月逐夜凉。
秋鸟绕篱抖萧瑟,留连不觉时日长。

2019 年 10 月 8 日呼和浩特

窗前树

赏秋何必登高处,临窗便晓寒与暑。
春枝才剪霜叶落,欲问枯荣随它去。

2019 年 10 月 14 日呼和浩特

梦　想

梦想，既平凡又伟大、既具体又抽象，可以是心仪的物件、漂亮的衣服、悠闲的假期，抑或是一顿可口的食物，一张满分的考卷，直至一个民族的伟大复兴……苏格拉底曾说："世界上最快乐的事，莫过于为梦想而奋斗。"林清玄认为："拥有自己的梦想，就能维持自己的热力。"许多古圣今贤，对梦也做过诸多解读。李白的梦是旅游之乐，"脚着谢公屐，身登青云梯。"唐庚的梦是写作之乐，"梦中频得句，拈笔又忘筌。"李商隐则是托梦化蝶，"庄生晓梦迷蝴蝶，望帝春心托杜鹃。"当心中有梦几经奋斗终于成真时就成了梦想。梦想，是对人生的美好期待、信念的执着坚守，所谓"长风破浪会有时，直挂云帆济沧海。"梦想，是一颗有生命的种子，播种者总会见证它破土而出的惊喜过程，所谓"仰天大笑出门去，我辈岂是蓬蒿人。"梦想，更是纵然荆棘遍布、道路坎坷，依然保有脚踏实地、仰望星空的向上力量，就像"黑夜给了我黑色的眼睛,我却用它寻找光明。"梦想,是一种生生不息的不竭渴望。有人让梦想瞬间破灭,有人则细心呵护经久培育直到迎来光明和希望。正如"一切的现在都孕育着未来,未来的一切都生长于它的昨天。希望而且为它斗争,请把这一切放在你的肩上。"梦想,是一种让你感到坚持就很幸福的东西,也许今天无法实现,明天也不能。重要的是,它会在心里悄悄然滋长,且令人一直在为之努力。正如"没有比脚更长的路,没有比人更高的山。"不论梦想是柴米油盐,还是诗和远方,都能在生命中熠熠发光;不论前行的路上有多少艰辛困苦,都需要永葆一颗年轻的追梦和圆梦之心。

2019 年 10 月 18 日呼和浩特

浣溪沙·落雨

塞外秋深风送爽，玉露微寒冰心凉。谁言难尽木叶黄。愁绪莫名花凋处，闲惹牵挂向远方。忙中偏又雨敲窗。

2019年10月19日呼和浩特

浣溪沙·黄昏

搁冗向晚庭院行，萧萧叶林失葱茏。一抹夕照分外红。风泼旖旎秋遍野，戍边豪气壮襟胸。此景留待忆曾经。

2019年10月20日呼和浩特

秋　林

橙黄橘绿晴方好，景色旖旎西风飒。
落英虽与冬枝舞，霜叶红于二月花。

2019 年 10 月 21 日呼和浩特

戍边岁月

春有百花秋有月，夏有凉风冬有雪，
谁言塞外无诗韵，一路响彻四季歌。

2019 年 10 月 23 日呼和浩特

霜　降

暮秋已至天渐凉,草木摇落露为霜。
白驹过隙霎间事,闲冬过后即春忙。

2019 年 10 月 24 日呼和浩特

秋　意

天若有情天不老,霜色萋萋秋正好。
小别数日问来处,时光浅浅可曾少?

2019 年 11 月 4 日呼和浩特

卜算子·咏树

塞外轩窗边,常年绿如故。已是深秋独自发,慢将时光煮。

无意苦争春,何惹群芳妒。绰约成景韵作诗,偶尔调心雨。

2019 年 11 月 5 日呼和浩特

相见欢·秋叶

层林尽染霜影,冷清清。怎敌西风频来,叶儿轻。

峰峦瘦,葱郁失,朔气涌。别是一番景观入眸中。

2019 年 11 月 7 日呼和浩特

东岸拾句

最是时节留不住,落叶归根秋辞树。
满目萧然仍念远,怜取眼前向春去。

2019 年 11 月 10 日呼和浩特

雨　雪

醒来推窗,喜出望外。可不是吗,目光所至,春天的风又吹来夏天的雨,秋天的月正照亮冬天的雪。昨天夜里,雨儿、雪儿悄悄然来过!很多时候,人会停下脚步,而岁月从不却步,万事万物始终在听天由命、一路向前。正所谓——

昨夜风雨送冬回,挂帘早歇不知归,
起看秋迹雪里埋,相看徒增凉滋味。

2019 年 11 月 11 日呼和浩特

感 怀

草木知冬不久归,纷至沓来匝匝堆。
待到漫天雪化时,化作春泥吐芳菲。

2019 年 11 月 17 日呼和浩特

青城夜景

一河蜿蜒抱古城,万家灯火醉霓虹。
倒影无端起涟漪,暮色四合月朦胧。

2019 年 11 月 18 日呼和浩特

豁达人生

得之坦然失不纠,云聚云散仍悠悠。
今朝有梦今朝追,来日方长阔步走。

      2019 年 11 月 21 日呼和浩特

沙海飘雪

昨夜风冷漠漠沙,晓看抱枝萋萋花。
西域入冬久未雪,霜叶无由羡嫩芽。

      2019 年 11 月 26 日阿拉善

飞越西域

琼妆冰肌别样景,霓裳玉骨贺兰横。
残雪遍地似月华,隔窗抓拍风物冷。

2019 年 11 月 27 日阿拉善

定风波·书怀

  闻惯爬冰卧雪声,豪气作伴踏歌行。星移斗转风啸月,谁信?芳华远逝犹年轻。
  霜草萋萋边关挺,虽寒,冷沙漠漠却笃定。回首向来初心处,无悔,戎装裹诗暖平生。

2019 年 11 月 28 日呼和浩特

小雪前夕

久居塞外,时常有太多牵绊和思念,却又只能止于唇齿、掩于风尘、遁入梦乡。忙完冗繁琐事,一想起明天是"小雪"节气,心中竟莫名期待一场降雪。虽说雪是塞北常客,可今年青城之雪迟迟没来,更添许多期待。其实,北方无雪的冬天很无聊,四野空旷、了无生机,就愈发想念一场飞飞扬扬的雪飘。那不期而遇的雪不仅仅是雪本身,还被赋予了太多太多期许,因为雪的魅力才会招致心花怒放,瞬间铺就满世界的深情告白。不论离家多久,看到雪花飞舞会兴高采烈地说:"我的世界下雪了!"是啊,愿每人在雪落的那刻,都默默对牵挂的人说一句:"我的世界下雪了,多想和你并肩走着,一直到白头。"基于此,想念一场雪——在小雪前夕。明天能雪否?遂记之。

2019 年 11 月 29 日呼和浩特

夜宿杭州

随处葱茏樟柳竹，数叶芭蕉遮香柚。
岂容记否冰封地，此景只应江南有。

2019 年 12 月 3 日杭州

无　题

谁人不恋江南好，四时佳景傍芳草。
塞北漫天雪舞时，婺城依旧鸣翠鸟。

2019 年 12 月 5 日浙江金华

穿越关山

月挂穹庐山衔斗,霜色遍野寒风飕。
南去北返尝冬雪,片片皎洁浓于酒。

2019 年 12 月 10 日返回呼和浩特途中

盆栽得句

流水高山无古今,清风明月有本心。
烦恼多为名利驱,静观自在止乱云。

2019 年 12 月 12 日呼和浩特

雪 淞

雾淞飘摇似柳垂,冰蕊无香为谁谁。

雪泥鸿爪佳句绝,玉枝琼花画技美。

忽闻今又冬至日,昼短夜长阳气回。

塞外戍守忘寒暑,天时人事自相催。

2019 年 12 月 16 日呼和浩特

晨 起

檐底冰花隔夜长,枝头霜叶怎堪凉。

窗外一抹晨曦色,信是寒冬腊月光。

2019 年 12 月 22 日呼和浩特

如梦令·雪

浓睡才消梦熟,昨夜月华依旧?莫问出行人,在为哪般忧愁?哈喽,哈喽,怎敌雪儿丰厚。

补记:昨夜不知什么时候下雪了,给清晨醒来的人们带来了清爽、纯洁、欢快、惊喜的心情,预示着再过半月一个崭新的 2020 年就要浴雪而来。站立雪中写下文字,心底也忍不住点赞——好一场悄然无声的瑞雪……

2019 年 12 月 29 日呼和浩特

致台历

如果辞旧迎新
只是换一本台历
那雪花什么意思呢
羞答答漫天起舞
却给冬季馈赠了
一段清冷的留白
时光如此短暂
转瞬即逝了一年
时光如此漫长
重复厚厚的未来
那撕掉和掀开的
全都是过往云烟
那雪花什么意思呢
静悄悄散落大地
却给春天空出了
一片全新的遐想
难道辞旧迎新
只是换一本台历

2019 年 12 月 31 日呼和浩特

元　旦

暂持流云舒复卷，且抛旧历铺新笺。
从今仍把初心揣，莫负韶华学少年。

2020 年 1 月 1 日呼和浩特

情系边塞

秋上心头君不识，月下门楼赋闲诗。
今生今世今无悔，有魂有魄有真知。
山恋木兮木恋枝，草悦原兮原悦迟。
我见界碑爱边关，每到春来涌相思。

2020 年 1 月 3 日呼和浩特

青城又雪

赏雪归来步缓慢,来步缓慢品诗韵。
慢品诗韵味绝佳,韵味绝佳赏雪归。

2020 年 1 月 5 日呼和浩特

雪　晴

敕勒溪冻雪满山,晴川历历草木寒。
望中风吟春近否,檐流滴滴凑答案。

2020 年 1 月 7 日呼和浩特

新建书屋

何事长向雅处行，书香作伴大不同。
岁月神偷掠韶华，只争朝夕蓄寸功。
少年梦萦书案上，壮志抽穗经典中。
但使青发勤学早，莫待白首两手空。

2020年1月10日呼和浩特

木兰花·贺"两会"召开

年年聚首提宏案，共商国是抒高见。
等闲变却过往心，却道过往皆序篇。
攻坚语罢再擘画，克难奋搏终不怨。
何若共襄复兴业，众手携绘同心圆。

2020年1月11日呼和浩特

自治区"两会"见闻

盛装扮盛会,靓丽添风采。
置身百花苑,倾情话未来。
北疆虽隆冬,春意盎襟怀。
更知花期短,凌寒向阳开。

2020年1月13日呼和浩特

贺"两会"闭幕

参政孜孜贯始终,赤诚拳拳谋繁荣。
指点擘画言无尽,海纳百川赖有容。
年年岁岁聚如故,岁岁年年事不同。
未来宏图可期许,淡定向远阔步行。

2020年1月15日呼和浩特

小年快乐

时入腊月二十三,家家户户盼团圆。
一门福气随心至,万里春风顺意还。

补记:小年到啦,进入今天就是年。从这天起,游子之心踏上归途,家里亲人开始张罗。从这刻起,许多目光汇向家的方向,无数牵挂朝着幸福出发。无论路途多么遥远,思念已奔向团圆、心手正紧紧相连。人在路上、心在路上,幸福、团圆在路上,期盼与梦想在路上,诗和远方也在路上,让我们张开双臂拥抱未来、拥抱一个个温暖如春的日子。

2020 年 1 月 17 日呼和浩特

贺书屋开张

半亩方塘开小咖,三尺明几堪大雅。
犹闻人前偏说好,书香绕梁不用夸。
启智强能勤补拙,怡情养性胜陶家[1]。
卷里自有歇心处,胸中了无浮躁蛙。

2020 年 1 月 19 日呼和浩特

破五祈福

新冠病毒莫小瞧,体温勤测乃首要。
身体不适应重视,冷静对待遵医疗。
如若咳嗽且发烧,切莫迟疑速报告。
早些发现早诊治,健康你我乐逍遥。

2020 年 1 月 28 日呼和浩特

---

[1] 喻世外桃源

致战"疫"勇士们

揣一颗初心迎向死神逆行
用十分热忱书写大爱诗篇
以百倍辛劳阻止病毒泛滥
扛千钧使命奔袭抗"疫"前线
这是一场殊死的搏杀
每个人都恰似离弓响箭
这是一次悲壮的出行
每一步都关乎百姓冷暖
有一堆火焰叫众人拾柴
有一句誓言叫人定胜天
有一种幸福叫甘苦与共
有一个信念叫不见不散
这是一次人类的宣战
每一天都有曙光照亮前面
这是一个伟大的国度
每个人都能擂彻胜利鼓点

补记：今年春节，过得很特别。因为突发新冠肺炎疫情，绝大多数人都被迫改变了预定计划，不再出行、不再聚会、不再串门访亲，只能天天宅在家中、坚守岗位或奔赴战"疫"一线，交往少了很多很多，而心却始终难以平静，总会时不时拿出手机刻意关注来自四面八方的最新讯息。

我没有生在武汉却真真切切地长在武汉，有十七年最美好的青春年华是在武汉一天天度过的，那里早已是我生命中的精神家园。如今虽在千里之外的塞北高原，心却时刻牵挂着那悠悠白云黄鹤、萋萋晴川芳洲、历历汉阳春树。看到习主席亲自领导和指挥，看到钟南山院士再赴抗"疫"一线，看到医疗队战友们驰援江城，看到各路抗疫勇士们夜以继日忙碌的身影……禁不住一次次泪目、一次次祈祷——天佑中华、天佑武汉！中华加油、武汉加油！我们每个人都好好的，就是最大的幸福。时空可以隔离一切病毒，而爱是永远隔离不了的。

2020 年 1 月 29 日呼和浩特

浪淘沙·武汉加油

向春借东风,鏖战从容。新冠毒魔掉头怂。总是危难显身处,共缚顽凶。

龟蛇泪目崩,爱溢江城。千年黄鹤千年亭。可期指日花月圆,捷足先登。

补记:心若清净,风奈我何;不染尘埃,健康自来。在疫情依然肆虐横行之际,没有比思想重视更关键,没有比严加防控更紧迫,没有比内心强大更快乐,没有比身体安宁更幸福。生命本多舛,临危当自强。如若遇见晴日当头就眺赏闲云、碰到骤雨敲窗就慢品风吟,惯于繁华处淡泊、擅于平常时养心、甘于棘手事担当,即便大敌当前、祸福难料、成败相随,只要勇敢而坚定地选择迎难而上、抗争到底、夺取完胜,这大千世界就一定会苦尽甘来、桃李芬芳、温柔以待。衷心祈愿每个人都能平安喜乐、善良自律、心心相惜、美美与共……

2020 年 2 月 7 日呼和浩特

心系武汉

日日倚窗望江南,信誓旦旦伐新冠。
怒喝瘟君何处逃,众志成城定全歼。
残雪逢春岂不消,举国驰援非等闲。
天使振翅荆楚地,人间大爱汇宏篇。

后记:天地乍暖还寒,终究挡不住春之脚步;人间疫情肆虐,终究抵不住人民抗争。让我们携手点亮一盏盏心灯,照亮黑暗阔步未来,终将疫情消亡,俯瞰山河无恙,守护百姓安康。漫漫人生路上,愿世间美好与你我环环相扣、温柔以待。

2020 年 2 月 9 日呼和浩特

卜算子·春回武汉

曾住长江边，往来江南北。日日见君深爱君，爱似长江水。

此水几时休，此爱何时已。只愿年年花相似，定不负阳春意。

后记："雪消门外千山绿，花发江边二月晴。"当积雪在暖阳下悄悄融化，那坚冰深处定是活水涌动、嫩芽破壳、万物复苏，恰似千籁百音律动一般，唤醒了大自然的美妙和弦，也拨弹着古琴台的高山流水，春天的脚步是越来越近了。是的，恋一座城与爱一个人一样，总希望它永远安然无恙。愿借此浩荡东风，早日吹尽武汉三镇那可恶的毒霾，还我一个四季如画的水墨江城。

2020 年 2 月 14 日呼和浩特

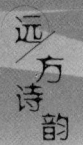

周末闲话

心安则静,心静则安。安静,既是一种状态,更是一种境界。

遭遇了这场疫情,绝大多数人不得不给自己隔离一个相对安静的时空,于是彼此间便少了许多干扰羁绊,在各自忙碌之余或许可找回曾一度丢失的自己。

安静,既是一种淡然,更是一种释怀。原来生活中各式各样的美好,大都来自内心的安祥宁静。当周遭一切慢慢沉淀下来,方看得清自己想要的东西,遇见最真实的自己。

安静,既是一种超脱,更是一种体验。只有真正把身心安静下来,才清楚地感知万物的味道。原来人生脚步常常因为走得太过匆忙,才忽略了很多沿途异样的风景。

安静,既是一种自在,更是一种充实。周国平说:"人生任何美好的享受都有赖于一颗澄明的心,唯有内心富有充盈,方能从容抵抗世间所有的不安与躁动。"真正的安静,不在山水田园,而在人们内心。与其违心行事,不如安静以对。倘若做到彻底安静下来，其实人人都可生活得很轻松而且洒脱。

安静，既是一种向往，更是一种幸福。辛弃疾就羡慕如此生活："茅檐低小，溪上青青草。醉里吴音相媚好，白发谁家翁媪？大儿锄豆溪东，中儿正织鸡笼。最喜小儿亡赖，溪头卧剥莲蓬。"于乡间舍下，一家人聚在一块各自忙着各自的事情，过着其乐融融的生活，喝着温酒，听着吴侬软语，干活的干活，玩耍的玩耍，即便一颗被风霜冻住了的心，也会被融化其中，这就是幸福真谛。

在周末午后忙完手头杂务，倚窗安静地看一朵闲云，再兀自安静地记下些文字碎片，如此甚好。尽管新冠病毒肺炎疫情依然肆虐横行，但心中惟愿众生百毒不侵……

2020年2月15日呼和浩特

致战"疫"勇士

冬季的一场毒疫

席卷而来

坚定无比

空气一天天温润

万物复苏

不幸染病的一切

悄然康复

人们绽放笑脸

与春相拥

奔腾不息的江水啊

浩荡向前

澎湃出不屈不挠的

生命赞歌

说好烟花三月

咱不下扬州了

与武汉三镇

先约起来吧
一块去东湖晨练
去江滩放飞纸鸢
去坐过江轮渡
去逛楚河汉街
去尝户部巷美食
去赏珞珈山樱花
去摸黄鹤楼上
那悠悠白云
去踏晴川阁下
这萋萋芳草
去古琴台
听一曲高山流水
去归元寺
燃炷祈福禅香
今又雨水啦
袖里轻寒窗外雨
遥向水墨一方
传句口信
因为有你们在

依稀可见

客舍青青柳色新

玉笛声中

胭一派春意盎然

2020年2月19日呼和浩特

抗"疫"必胜

纵领略千里万里

终不抵梦回故里

纵承受千袭万袭

终不抵众志逆袭

纵拥有千好万好

终不抵岁月静好

纵江海千滴万滴

终不抵举国心齐

——在疫情面前

春光万千不如你

2020年2月22日呼和浩特

午后闲话

有一种幸福是幽窗静读,有一种消遣是信笔涂鸦。

此刻,在周末午后的暖阳里煮茶翻书、扯点闲篇儿,可以暂时忘掉那恼人的新冠病毒肺炎疫情和身外七七八八的烦心事儿。

生活迫于无奈,有时只能按下暂停键,而生命却不容停滞。面对每一个日子,需要坚持去做一些有意义的事情,晚上才能睡安稳。杨绛先生说:"人生最曼妙的风景,是内心的淡定与从容。"而这淡定从容,应是在付出了辛勤劳作后的快乐所得,决非虚度光阴就能轻易获取。这世上的人和事,没有什么是一劳永逸、命中注定的。我们能够做的,是好好珍惜所有的遇见,好好把握所有的当下,努力让生活变得多姿多彩起来。即使行到水穷处,也可坐看云起时。正如毕淑敏所说:"无论这个世界对你怎样,都请你一如既往的努力、勇敢、充满希望。"只要懂得与生活相濡以沫,生活总会对你温柔。无论寒冬多么漫长,春天终会如期而至,疫情过没过去已然不重要，重要的是时光这条河流还在激荡着璀璨的浪花，陪伴我们共克时艰与这场毒疫继续战斗不息。

总会看到这样的感慨：一天很短，24小时稍纵即逝；一年很短，365天如白驹过隙；一生很短，弹指一挥光阴似箭。记得三毛说：岁月极美，在于它必然的流逝，春花、秋月、夏日、冬雪。既然选择了出发，自有无数的前方在等着脚步。即便是踏遍青山人渐老，风景前边独好。

透过洒满阳光的枝叶望去，于这纷纷扰扰尘世间旺盛着生命，真的挺好……

2020年2月25日呼和浩特

窗下闲话

月末逢周末,家国抗"疫"忙。时光的流水自顾不暇地哗啦啦向前,一刻未停地冲刷着这场毒疫之害。推窗寒退逼冬去,二月和风拥春来。倚窗站在明媚阳光里,心里身外顿时觉得暖洋洋起来。劝君勿需道再见,年年叶落雪枝垂。时光荏苒终不老,岁岁花香春韵美。即使刻意寻觅"人面不知何处去",但偶抬望眼却是"桃花依旧笑春风"。生命中有许多东西稍纵即逝、一去无踪,该走的必然会走,而该来的也一样终究会来。就像这场可恶的瘟疫,它迟早会消亡于人民战争汪洋大海之中。

一缕阳光,唤醒了沉睡一冬的木须;一壶清茶,激灵了困倦半晌的身心;一株盆栽,隐匿了戍守塞北的过往,一笺短语,放飞了牵挂江南的希翼。佛曰:一切皆流,无物永驻。

加油!中国。惟愿一切不好都烟消云散……

2020年2月27日呼和浩特

黄昏感言

　　常读圣贤书，亦行万里路。渐渐会越来越强烈地感到，其实人生最曼妙的风景，便是人们自己。纷繁世间风情万种，生命本身却独此一份。所以，成为最好的自己，是每个人穷极一生之愿。经历了这场波及世界的新冠病毒瘟疫，是否能更加看清一点——你若安好，生活便好；人人安好了，这世间才是真正好！作为天地生人，人类本就是一个命运共同体。愿疫情过去之后，人人都活出最好的模样。于这朗朗乾坤，所见皆良善，所行皆坦途，所遇皆惊喜，所处皆和美。因为在生死面前，其实谁都不需要太多太多，只要健康就足矣！

2020 年 3 月 1 日呼和浩特

三月三日

今又三月三,懒得放纸鸢。祥云悠悠知天意,华扁[1]再生一壶悬。会师江两岸。今已三月三,战"疫"降"新冠"。白衣飘飘映仁心,雷火[2]重逢神威显。九州春满园。

2020年3月3日呼和浩特

无 题

因忙睡迟未闻钟,趁闲补觉半晌空。
可恨"新冠"封去处,探春无计侍盆景。

2020年3月7日呼和浩特

---

[1] 华扁:指神医华佗和扁鹊。
[2] 指雷神山和火神山医院。

三月八日晨思

　　站在塞外春天的晨曦里，吮吸着春天的气味儿，会自然而然想起顾城的诗句——"草在结它的种子／风在摇它的叶子／我们站着，不说话／就十分美好。"

　　春天是有味道的，每人能尝出不同的感受。春天的味道，是一股纯净甘甜的泉水，默默滋养着每一个生命；春天的味道，是一缕温暖和煦的阳光，悄悄洒满了每一个角落；春天的味道，是一抹浓淡相宜的芳香，静静荡漾在每一个心田。

　　春天是有韵律的，每人可触发各自不同的共鸣。春韵是一块块融化的坚冰顺流而下，像跳动的音符跌宕起伏；春韵是一行行渐远的白鹭扶摇直上，像激越的旋律响彻云霄；春韵是一声声悦耳的鸟啼缠来绕去，像动听的天籁惹人追逐。

　　春天是万紫千红的。春天，像一本百读不厌的书；春天，像一首百听不厌的歌；春天，像一幅百看不厌的画；春天，像一首百诵不厌的诗。

　　春天是风情万种、多姿多彩的，暖风儿柔柔软软地吹，雨丝儿歪歪斜斜地扬，柳条儿轻轻松松地垂，花瓣儿热热闹闹地艳。

　　春天是行色匆匆、稍纵即逝的,路旁草窝的积雪一夜间就没了,墙角腊梅的枝头一眨眼也空了,池塘湖泊的水面一抬头上涨了,人们眉宇间的"川"字一下子都舒展开了……

　　独自站在塞外春天的晨曦里,吮吸着三月八日清晨的别样芬芳,默默想着冰心的话:"世界上若没有女人,这世界至少要失去十分之五的真、十分之六的善、十分之七的美。"于是,我借此刻的十分美好和眼前的十里春风,祝愿天下女人节日快乐、幸福美满、笑口常开、青春永驻!

2020年3月8日呼和浩特

观景偶感

　　北坡桃李芽未吐,南室花木绿出盆。
　　地虽同根理何在?天意如此怪出身。

2020年3月9日呼和浩特

盆 栽

款款草木叶色新,剪剪轻风碧玉沉。

短芽旁逸满枝暖,长条斜出半空春。

最是独处无所寄,相顾各忙有近邻。

问君曾谙余心结,出塞五载根须深。

2020 年 3 月 13 日呼和浩特

定风波·晨走

醒起寻芳童心痴,绕树几匝栖鸟知。繁星散落浅绿色,仰看,粒粒成韵词满枝。

料峭春风说时迟,微凉。一瞥东河冉旭日。疾步向远顾盼处,也有萌动也有诗。

2020 年 3 月 14 日呼和浩特

茶味书香

正午的阳光愈发明媚，我置身塞外，摊一本书，冲一杯茶，拥三月春，望远山雪，天青色等烟雨，而我在等、在等、在等一季花开。

常喝茶的人有没有同感，初饮味道苦涩，慢啜清芳厚醇，细品淡雅无味。杯中水深深浅浅，水中叶起起落落，手中书开开合合，心中绪飘飘荡荡，填充着这一段闲适的光阴，也虚拟了那一刻人生的留白。想起林清玄曾说过的话：但凡茗茶，一泡苦涩，二泡甘香，三泡浓沉，四泡清冽，五泡清淡，此后，再好的茶也索然无味。诚似人生五种，年少青涩，青春芳醇，中年沉重，壮年回香，老年无味。如此看来，他也是颇有同感的。

俯仰千古事，把盏问人生。这世间之人人啊，谁无沉浮、谁知沉浮、谁主沉浮、谁永沉浮？其实吧，都像极了这杯中茶叶，在被冲泡了一道又一道后，从青涩到醇香，直至了无滋味。人生如茶，茶若人生……

试想，曾经的年少青涩，于稚嫩与莽撞里充盈着无限的向往美好；曾经的青春芳华，于冲动与勃发里洋溢着无畏的果敢勇猛；曾经的中年持重，于担当与付出里承载着无尽的爱恨情仇；曾经的壮志酬怀，于功成与名就里感悟着无数的冷热炎凉；曾经的耄耋暮年，于娴静与恬淡里弥漫着无敌的简约幸福。

茶若人生，人生如茶。

2020 年 3 月 22 日呼和浩特

径里闲话

熏风高缠芽满枝，唤雀低回筑巢迟。
凭谁捎梦春不远，忙裁云笺抄小诗。

2020 年 3 月 28 日呼和浩特

随 笔

入梦山桃向阳栽,灼灼芳菲始半开。
醒觉隔窗飘细雨,沾露律动韵更嗨。
大步流星探春去,望断青城揽远塞。
瘦笔难达东风意,且行且吟且开怀。

2020 年 3 月 29 日呼和浩特

无 题

小园昨夜潜入春,淡妆初试模样新。
嫩枝缀蕾横空闹,老树著花亦纷纭。
怜景处处递眉眼,啼鸟声声传霄云。
三阳开泰人不懒,曲径通幽地殷勤。

2020 年 3 月 30 日呼和浩特

梨 园

朵朵玲珑占琼枝,树树喧闹春语痴。
更添一曲梨花颂,宛若舒袖舞瑶池。
疏影横斜出霓裳,半入画轴半入诗。
此景只应人间有,天宫能寻哪仙识。

2020 年 4 月 2 日呼和浩特

雨后花

枝上初拭清明雨,春山才掐四月茶。
拈花一笑解千愁,得失从心自优雅。

2020 年 4 月 5 日呼和浩特

花海徜徉

劝君莫负繁华季,劝君须惜惊艳时。
有花堪品直须品,莫待无花空攀枝。

2020 年 4 月 6 日呼和浩特

谷雨闲趣

清风疏雨落呼和,新茶老壶泡小说。
最爱晚凉淡淡思,一杯香茗闲书搁。

补记:今又谷雨,青城终降春之喜雨,临窗倚案品一杯香茗,摊一卷小说,听风听雨听桃花泣落,兴所至以记之。

2020 年 4 月 7 日呼和浩特

戍边恋曲

迎一道曙光点亮青春梦想

汇一股力量诠释使命担当

吼一声长调激越家国情怀

策一匹战马驰骋万里疆场

擎一杯奶茶遥致久违爹娘

捧一束哈达祈求国泰民康

沸一腔热血温暖边关冷月

挺一尊傲骨佑我华夏辉煌

我们守望在边防线上

斗酷暑护连天碧草遍地牛羊

踏冰河迎风霜步履铿锵

雪峰下戈壁滩处处红柳胡杨

我们疾行在强军路上

用奉献换天下和平万世盛昌

迈大步向复兴锐不可当

边陲地国门前个个铁血儿郎

2020年4月9日呼和浩特

晨走偶得

谷雨才洒春将暮,花开惜早落无数。

飞燕穿柳翻心事,忙裁倩影挽留住。

空林有鸟腾祥宁,野路无人自踟蹰。

莫误耕耘争朝夕,时光不老播种去。

2020年4月10日呼和浩特

感　恩

　　2020年4月8日0时，经历七十六个日日夜夜封城的武汉，终于按下了重启键。白云悠悠楚天舒，一江春水万古流。在伟大的中华民族面前，一场新冠肺炎疫情算不了什么。身处当下，不得不深深地感谢生命所给予的一切，也感慨于身后那段难忘的过往，生活决非一直都如想象的那么美好，但也绝非像预想的那么糟糕。在无数灾难中，生命总是一次次教会人们该用怎样的心态去面对一切遇见。是的，心若绝望了，时刻都是末日；心若强大了，处处充满生机。心态对了，奇迹就在眼前。心存快乐，烦恼自然就少；心中有爱，幸福自然更多。古话讲，物随心转，境由心造。其实，在很多时候，并非境遇有多难，而是自己放弃了勇敢抗争。事在人为、迎难而上、勇于斗争、敢于胜利，永远是一种积极进取的人生态度。心中若有桃花源，何处不是水云间。良好的心态、坚定的意志、必胜的信念，有助于拥有美好未来。暂时的困难和危险不可怕，转机也许就在下一秒出现。

世间期待有千万种，最贵重的是来日可期。在这样一个春回大地的特别时刻，我由衷地感恩生命！生命真好，它不止是一树一树的花开，更是天地间每人每天好好地活着、深深地爱着。在经历那段封城或居家隔离后终将懂得，人生最美的风景不在别处，在人内心的深处。心向美好，人生处处有阳光；心存仁善，人间处处有温暖。我认同这样的说法：追寻美好人生的态度有三个特质——温柔的态度、理想的怀抱和浪漫的情怀。愿人人心中都始终有一块净土，让生命安恬如花开、芬芳每一天！

　　因为，没有一个春天不会到来。冬日渐行渐远，全球战"疫"犹酣，在刚刚逝去的日子里，我们听到和看到最多的，或许就是这句话。如今，无论是正在病愈含笑的英雄城市武汉，还是守望相助的人类命运共同体任何一个地区，春天果真如期走在回来的路上。一切美好，终会在春天里相遇。这几日，神州大地上那些勇敢逆行的天使们，裹着浩荡春风一批又一批地向四面八方凯旋而归，用他们从容坚定、无所畏惧的行动再次印证了，没有一个春天不会到来。

　　这世上人、人间事、事中理，亘古不变，而且颠扑不破。相逢在缘，相护在人，相守在情，相知在心。四季轮回里，生命是一树一树的繁盛花开；人生长河中，生命是一天一天的珍贵际遇。即使曾经拥有或一朝失去，即使短暂相聚或永久离别，都值得好好珍惜眼前的人、当下的事、沿途的景，珍惜这份儿难得的遇见、陪伴和搀扶。一生当中，陪我们走下来的人很多很多，但能在灾难深重时一同携手走过的，一定会终身难以忘怀。让我们铭记这些该记头功的英雄们！

是啊，虽然今年的春天来得有些晚，虽然今年的春天过得有点难，但只要心怀暖阳，就一定能春满婆娑。没有一个春天不会到来，瞧我泱泱大中华、神州百花园，依然春暖花开、莺歌燕舞。生活继续、日子继续，远方的诗韵也仍在前方、在路上等你等我。

2020 年 4 月 15 日呼和浩特

赏花归去

春意阑珊,花事渐浓。又是一年四月中,小园桃花正盛开。见识了塞外五度花开,再嗅这灼灼花瓣,竟渐次绽放了内心深处的莫名眷恋与几许牵挂。来年思君不见君,怎不令人徒伤悲?!

人生是一段段日子连成的,而其中必有无数次的一段,也像极了那一树繁华,默默熬过冬天的漫长沉寂和顽强坚守,虽在四月天里昙花一现,却终归没辜负明媚春光而集当下万千宠爱于一身。很多时候,人们习惯于活在自己和别人的期许里,倒不如这一片生机盎然的林子,无论有没有人理会它,都一样独自花开花谢、叶发叶落。这些默默守望的草根,更知道一个生命道理,只要蓬勃向上,莫管周遭其他。每年春季即使难免沙尘肆虐,但我依然很喜欢塞外四月天。因为如果天空有翅膀的痕迹,那是我曾经飞翔过;如果没有,也一定有深情仰望的目光。

2020 年 4 月 16 日呼和浩特

踏春闲语

有一句古训：人生不如意事十之八九。那么，至少还有一二成如意的事情属于自己。每天要过得快乐，就应学会常想和珍惜那一二成美好的事情，就不致再被那八九的不如意所打倒。

所以说，无论任何时候任何地方，开心很重要。心若向阳，风奈我何？即使独处一隅，也能做到同样富有——春有百花秋有月，夏有凉风冬有雪。

每天醒来，看到天边的星辰渐渐隐入晓雾，闲云几朵停歇在远处，窗外偶尔传来几声清脆的鸟叫。倘若忍不住再去院落里四处走一走，会随处发现草叶上凝结着一粒粒晶莹的露珠儿，柳枝在风中翩翩飞舞，满庭的花儿次第含笑报春，这一切无不令人心情大好、周身重又充满力量。这难道不是那一二成美事吗？即使这些也终会离我们远去，但是毕竟曾经成人之美过。

三毛说：岁月极美，在于它必然的流逝。是的，人生各段各有其难,一年四季各有其美,看过无数日出日落,领略万千春花秋月,只要还保持一颗热爱生活的凡心,前方的一山一水、一草一木,就都有着十分美好的意义。

立足当下想未知、看未来,随吟之以抒怀——塞外营院闲信步,才嗅芬芳,渐觉伤春暮。云含雨意风约住,浅草翠芽羞答出。桃杏怒放香暗渡。谁在枝条,啾里轻轻语。一寸伤怀千万绪,人间哪没安排处。

2020 年 4 月 17 日呼和浩特

如梦令·昨夜雨薄

昨夜雨薄风厚,浓茶不消迟休。醒问早行人,却道踏春依旧。知否,知否?到处绿肥红瘦。

2020 年 4 月 19 日呼和浩特

晨遇倒春寒

西域四月寒未消,东风三更下柳梢。
北洼虽著淡淡绿,南枝花样朵朵娇。
且趁今时新鲜气,再敛昨日旧疲劳。
拨开扑面冰凉意,胜意殷勤向阳跑。

2020 年 4 月 22 日呼和浩特

朝花惜拾

晨入园林心绪佳,草香薰衣怜新芽。
良辰美景去匆匆,撷句感时露溅花。

2020 年 4 月 28 日呼和浩特

青城春韵
——兼贺劳动节

陌上花醉柳色匀,远山青黛草如茵。
暖树吐新云影疏,羁羽恋旧鸟语亲。
空阶多余淡香浮,五月少闲冗事沉。
贪向长路解风情,别有短章题征尘。

2020年5月1日呼和浩特

清平乐·夏

浓浓荫里,总被绿萝醉。尽困顿无它意,看取满目翡翠。

今日天朗气清,悠悠草香充盈。曾记昨还风急,任雨淋湿青城。

2020年5月3日呼和浩特

青玉案·果树

东风醉曳花千树,更零落,飘若雨,梨瓣杏蕊香满路。境幽步轻,心旷神怡,云意随兴舞。

新篱老树常光顾,暗香疏影春渐去。闲里绕他千百度,蓦然凝眸,果儿竟在,花凋叶郁处。

2020 年 5 月 4 日呼和浩特

小 满

　　不经意间,踩着节气的脚步就行至小满了,春意阑珊,夏味渐盛,随处都是一季好风光。小满是二十四节气中的第八个节气,《月令七十二候集解》中说:"四月中,小满者,物致于此小得盈满。"此时此刻北方夏熟作物籽粒开始灌浆饱满,南方也将进入雨季汛期,麦香氤氲,烟雨满池,芍药垂红绡,枇杷黄似橘。民间传统习俗更有吃苦菜、动三车、祭蚕神等,祈愿物丰人康。今又恰好5月20日,诗意的日子适逢诗意的节气,小满小满我爱你,情深深意浅浅,不妨信步行前向着旭日款款而去,闭眼一想就无限温暖。是啊,天地万物初始盈满,心中期盼不急不燥,且怀这颗清新平和之心,忘掉身外七七八八的困扰羁绊,欣欣然向往着、期待着赶赴一场又一场尘世之约,伴诗茶,归宁静,远喧嚣,近田园。憧憬着乐看青山绿水,遍访草木夏花,喜听风叶私语,闲追蝶蕊缠绵,深情驻足,浅笑不言,如此岂不甚好。

　　早安!小满。人生呀,本不必太满,小满可矣,还贪心什么呢？我感谢一切遇见的小美好，珍惜一切身边的小确幸，拥抱一切当下的小遗憾……

一切，都是最好的安排。

2020年5月27日呼和浩特

朝露清欢

喜欢于浅夏晴日漫步林萌树下，随处是氤氲的无际无涯般芬芳，任凭思绪缱绻，晨风撩动枝头和发稍，经年的松果经意或不经意地掉落脚旁，心事顿时消散于柔柔青草地，并溅起一圈圈的涟漪，幻作了这颇合时宜的话语——愿天空总这般湛蓝如洗，愿人生总如夏花之绚烂多姿，愿每一段时光都是惬意舒心时刻。

2020 年 5 月 29 日呼和浩特

暮夏随吟

一叶落秋始觉凉,两袖清风来日长。
时光无计圆夏梦,岁华有珠向远量。

2020 年 5 月 31 日呼和浩特

不关荷韵

闲卧潋滟竟抢眼,傲骨蒹葭姿万千。
同出湿地身迥异,独倾浊泥芙蓉园。
多少成败两耳后,从来得失一念前。
长路漫漫终穷极,短梦渺渺岂足怜。

2020 年 6 月 5 日呼和浩特

浅 夏

醒来睁眼

忍住推窗

却忍不住看你

看你时很陶醉

疏影横斜着

新一天降临

来日方长不容拒绝

信步出门

忍住看你

却忍不住想你

想你时很美好

心花怒放着

送一声早安

幸福弥漫不容拒绝

2020 年 6 月 7 日呼和浩特

青城纳凉记

时入六月,枝繁荫浓,熏香扑面,满目溢爽。芳踪总为浅绿醉,啼鸟雀跃于云端深处。

趁晨昏,步幽径,拾朝露夕照,舒心惬意,品敕勒歌古韵,风吹草低见牛羊。

偶眺,奔马横空,乐声四溅,舞曳步于广场,邂东池夏荷新韵,却被蒲草顾盼,醺而忘返。

噫嘻,遂拍栏堆字,或断或续,任思绪扯昨前今后事。塞外远否,守望如故,斯人痴心向草原栖矣。

2020年6月10日呼和浩特

晨走偶成

千种风情凭氤氲，一川蒲草封俗尘。
遍搜旧词谱闲曲，聊发新句养精神。
最是籁音听不足，心仪之处皆乡邻。
从今若许向田园，哪管空诺夜叩门。

2020 年 7 月 21 日呼和浩特

自垦田园

半亩闲地种乡思，一畦鲜蔬渐参差。
点瓜得瓜信是真，椒青豆嫩发新枝。
累累硕果挂藤蔓，阵阵喧风掀丰姿。
生活终究懂大雅，心田勤犁播小诗。

2020 年 8 月 14 日呼和浩特

塞外杂吟

壮山柔水芳草地,我乃戍边守关身。
追古惯吟敕勒曲,抚今亦填武林春。
雁字回时白驹过,悟已往之逆旅人。
暂凭惜今赋一首,前路漫漫长精神。

补记:席勒说,时间的步伐有三种:未来姗姗来迟,现在像箭一样飞逝,过去永远静立不动。偶感于此,抒以自勉。

2020年9月1日呼和浩特

秋日感怀

穹空万里云何栖，心逐雁高秋无际。
嗅尽桂香聊赋闲，露浓于酒醉半滴。
望断陈年且放下，依稀往事君莫提。
喜忧豁达留一念，天地人和总四季。

2020 年 9 月 28 日北京

佳节双至

年年华诞人北望，岁岁月圆句沾霜。
边关铸剑佑家国，山河无恙永吉祥。

2020 年 10 月 1 日北京

中秋随吟

丹桂飘香澄玉宇,千家万户共婵娟。
愿得岁岁花色好,笑看年年月儿圆。

2020 年 10 月 1 日北京

寒露归吟

拥秋入怀又北行,清露濯心别有境,
抛却繁缛取简约,此去经年独从容。

2020 年 10 月 8 日呼和浩特

塞外秋深

兴来偶瞥枝上叶,暑去已非昨时尚。
行看萧萧飘然至,曾拥阵阵醉芬芳。
人过中岁恰似秋,万事自知情独往。
惯看云起水穷处,守心向远皆无妨。

2020 年 10 月 11 日呼和浩特

军旅抒怀

君问归期催离愁,阴山夜雨湿来路。
橱中旧书有心品,身外虚名无意求。
何当剪云映春夏,却任修月照冬秋。
戎马倥偬情难断,遍润剑戟蘸挽留。

2020 年 10 月 13 日呼和浩特

营院红叶

层林染秋溢清寒,边草沾霜叶色燃。
守望终归成追忆,相思入骨望眼穿。

2020 年 10 月 14 日呼和浩特

七律·秋问

风萧萧兮秋意深,木叶瑟瑟抱枝吟。
暑去渐无丰茂味,寒来空有霜雪韵。
戍疆数载何寂寥,习文修武浩气存。
时光荏苒挦过往,策马昂首啸天门。

2020 年 10 月 15 日呼和浩特

寒露即事

袅袅凉风归心动,凄凄寒露若涕零。
兰衰须深花始白,荷破池浅叶犹青。
独立默默栖沙鹤,双飞翩翩照水萤。
若为来年寥落境,仍值常邀酒初醒。

2020 年 10 月 16 日呼和浩特

塞外秋思

黄林无风片片落,蓬草遇寒瑟瑟歌。
抛却短吁总将息,遥寄长路朝天厥。
满目萧然情怀在,一袭虚名身后搁。
此去边陲再问计,初心伴我戍山河。

2020 年 10 月 22 日呼和浩特

落叶辞秋

一叶飘摇一念触,万里霜天万里秋。
阴山远望隐苍翠,暖树近观疏枝头。
鸟寂方知寒冬至,风干焉得春意留。
云闲暗自揉别语,事忙不觉堆离愁。

2020 年 10 月 28 日呼和浩特

步曹公观沧海韵

拨冗偷闲,静观鱼翔。
水何澹澹,弱草苍苍。
花木丛生,微波荡漾。
心事起伏,潺潺洪荒。
塞外之行,若入此塘。
戎马倥偬,追梦徜徉。
吁甚至哉,歌以咏殇。

2020 年 11 月 3 日呼和浩特

北国之恋

东河岸

阴山旁

敕勒川下

穹庐盖四方

天苍苍

野茫茫

风吹草低

岁岁见牛羊

云霄阔

四野旷

雁去雁返

锦书托斜阳

世间事

费思量

欲罢难休

初梦透神伤

叶纷落

枝儿凉

独问寒秋

来日可方长

两地疏

怎舍忘

北疆有约

离离恋毡房

情可待

夙愿藏

佳期默许

星月诉柔肠

佑家国

稳边防

千年梦回

铁骨倚胡杨

2020年11月5日呼和浩特

庚子立冬

午后抛冗逛闲庭,惜取片叶追秋景。
寒来暑往草木知,兀自陶然吟西风。

2020年11月7日呼和浩特

观《守望相思树》首映

守　护国门不言亏,
望　穿秋水知为谁。
相　爱痛失植樟松,
思　君且共风物追。

2020年11月7日呼和浩特

定风波·冬夜行

又听隆隆铁轨声,疏星残月且伴行。点点灯火窗明处,谁诉?一帘幽思投剪影。

料峭寒意洒脖颈,微冷,心头过往却温馨。回首向来牵挂地,若去,也有不舍也有痛。

2020 年 11 月 10 日呼和浩特

题墙角竹影图

窗前一株竹,凌寒独徘徊。
遥知未蘸墨,为有暖阳来。

2020 年 11 月 11 日北京

帝都故园冬韵

时光如瀑，日复一日不歇奔走
行若踏浪，这条长河亘古已有
秦月汉风，试问过往可曾老去
天地轮回，惟余百舸熙攘争流
慈寿塔下，八面玲珑为谁叮咚
公孙树前，四方游客执着哪头
木陈叶新，缘聚缘散晨曦暮露
心怀远念，许我聊以故地重游

2020 年 11 月 20 日北京

寄语雪梅

芳蕊清
雪枝莹
冰封长气节
凛冽艳姿惊
香溢山川云水间
不与稚草娇卉争

2020年11月24日北京

七律·归吟

北国风光依旧亲，归去来兮辞未忍。
座中犹闻驼铃曲，临窗醉观雪纷纷。
谁劫知己原上走，片片成句塞外吟。
纵是此行时日少，梦里长作戍边人。

2020年11月25日呼和浩特

望江南·无题

心已乏,来去任散发。试操扁舟超然渡,半生不过一刹那。梦回人天涯。

江渚上,惯看云和月。过去事就过去罢,只今只叙只今话。情深频碍挂。

2020 年 12 月 3 日呼和浩特

青城落雪

夜阑卧闻琼妃舞,朝来地衣素粉沾。
新松突兀骨骼奇,知是枝头雪蕊鲜。

2020 年 12 月 6 日呼和浩特

大雪偶吟

题记：青山原不老，为雪白头；时光莫轻负，与君共享。于大雪日午后，吟以自勉。

心地纯净万物藏，杂念如草忌无章。
顺境易入一笑过，逆流难出放眼量。

2020 年 12 月 7 日呼和浩特

赠　别

人谁不老惜流年，经世才谙阅如川。
不奢处处全周到，但求事事尽如愿。
此去离多聚首少，明月千里共婵娟。
莫问桑榆迟与早，心守芬芳霞满天。

2020 年 12 月 11 日呼和浩特

后　记

　　最是岁月不饶人，弹指一挥白发生。人生本是一段段跋涉的旅程，往往来不及认认真真地回味，就轻易擦肩而过。苏轼当年也曾感叹："人生如逆旅，我亦是行人。"置身岁月长河任何一处驿站，回望都是匆匆而逝的过往，前瞻总是看不到尽头的未知，好在行囊里偶有一路走来随意捡收或刻意留存的片段。这个小集子，便是这类情形。

　　我认同这样一种说法，人生恰如四季。生命绽放之时，自然会有花繁叶茂、硕果累累。春去夏来，夏过秋至，秋逾冬又还。活在每一个当下，怎可没有各式各样灵机一动的想法呢？法国哲学家帕斯卡尔说："人是一根会思考的芦苇。"林清玄也说过："以清净心看世界，以欢喜心过生活，以平常心生情味，以柔软心除挂碍。"在难以割舍的卫国戍边岁月里，看惯了冷月朔风，望断过归鸿落英，踏平了思丘念岭，也领略过风光无穷。哪怕邂逅只是刹那，哪怕相遇不再重逢，哪怕言语无可名状，哪怕奔波难以歇停，斯人此生注定是要结下此等缘分——心甘情愿地成为铁打营盘之上一名流水的兵。而今，回头再读那些随手记下的片言只语，脑海里却极其自然地涌出了那句歌词"往事如风……"

但愿这缕经年的风不要吹散如烟往事，吹来的依然是心中浓浓的远方诗韵。所以，姑且把手机微信里这段点滴光阴，原汁原味地融于时光浅杯，留作日后在某个冬阳下独自慢慢地品味吧。

2020 年 12 月呼和浩特